夏期限定トロピカルパフェ事件

小市民たるもの，日々を平穏に過ごす生活態度を獲得せんと希求し，それを妨げる事々に対しては断固として回避の立場を取るべし。さかしらに探偵役を務めるなどもってのほか。諦念と儀礼的無関心を心の中で育んで，そしていつか摑むんだ，あの小市民の星を！　恋愛関係にも依存関係にもないが互恵関係にある小鳩君と小佐内さんは，今日も二人で清く慎ましい小市民を目指す。そんな彼らの，この夏の運命を左右するのは〈小佐内スイーツセレクション・夏〉——？　大好評『春期限定いちごタルト事件』に続く待望のシリーズ第二弾，いよいよ登場！

夏期限定トロピカルパフェ事件

米　澤　穂　信

創元推理文庫

THE SPECIAL TROPICAL PARFAIT CASE

by

Honobu Yonezawa

2006

目次

夏期限定トロピカルパフェ事件

序章　まるで綿菓子のよう

ソースの焦げる匂いがした。それだけならいい香りだったかもしれないけれど、他にも醤油や油の匂い、砂糖が溶ける甘い匂いなども漂っていて、全部混ぜ合わせればどう考えてもいい香りではなかった。今日は縁日。街一番の目抜き通りは夕方から車が止められ、けばけばしいビニール暖簾《のれん》を下げた夜店がぎっしりとひしめいていた。重いどよめきと人いきれの中、ぼくはのんびりと歩いていた。

ぼくの通う船戸《ふなど》高校は現在テスト準備期間中。学校からは、「学業に専念すべき時期に、祭だからといって夜遊びにふけることのないように」とお達しが出ている。

小市民としての道を追求して止《や》まないぼく、小鳩常悟朗《こばとじょうごろう》は、その禁令をどう捉《とら》えるべきだろうか？

ここで「禁止されたのだから行かないのが小市民的」と考えるようではまだまだ甘い。真に小市民的というのは、「ルールは破るためにあるのさ」などと嘯《うそぶ》いて夜祭に出かけ、そのくせ教員や補導員の姿を見るとこそこそと逃げ隠れするような行動を言うのだ。そんなわけで、ぼくは夜店の間をぶらついている。

ただどうもなかなか難しいことに、心誘われるものがほとんどない。お祭気分に浮かれて買いたくもないものに大散財、というのが正しい小市民ではなかろうかと思いはするのだけど、いざ安っぽい商品を前にするとどうも食欲も物欲もそそられない。たこ焼きなら駅前の裏通りに安くてうまい店があらあ、などと冷ややかな目を送っているようでは、とても浮かれているとは言えないだろう。まあ、空気を味わいに来たというだけでもいいかもしれない。ソースと醬油と油と砂糖の匂う空気だけど。

吹く風はあたたかい。これは何も夜店の鉄板のせいではなく、ただ単に季節がもう夏であるせいだ。これだけの人出であることを思えば、むしろ今夜は随分過ごしやすいうちに入るだろう。

七月。控えるテストは一学期末考査。謙虚に言っても中の上だけど、どう慢心《まんしん》したところで上の下以上のものではない成績のぼくとしては、生徒指導部に言われるまでもなく遊び呆けてもいられない。こつこつ高校生活を送って一年とちょっと、二年生になると多少は進路選択にも現実味を感じ始める。まあ……、まだ、尻に火がついたというには程遠いけれど。夜店めぐりはほどほどに切り上げて、一夜漬けに勤《いそ》しむテスト前というのも、また小市民的にはあらずや。

「……おや？」

いか焼き屋の前に、知った顔を見つけた。一年のときから同じクラスの某くん。気安い性格で、割と話が合わせやすいものだから、学校ではよく話している。今夜は髪の毛逆立《さかだ》てちゃって、何とも気合充分だ。シャツにアルファベットで何か書いてあるけれど、あいにく英語じゃないので全然わからない。某くんは読めるのかな、仮にドイツ語か何かの猥文《わいぶん》だったらどうするんだ。誰にもわからないなら別に問題はないけれど。そんなことを思いながら見ていたら、いかゲソの串焼きを買った彼と目が合った。

片手を挙げて、声が届く距離とも思わなかったけれど言葉も出す。

「やあ」

相手も同じような仕草をして、それだけ。ぼくは某くんのことはもう忘れて歩き出すし、多分それは彼も同じ。別段、彼の隣にやはりクラスメートの女子が寄り添うように立っていたから遠慮したとかそういうことではない。学校外でも親しげにするほど、ぼくと彼は親密ではない。そのことを、ぼくも彼もわかっているというだけ。

これは何も、ぼくたちが特に人間関係に冷淡だとかそういうことではない。ぼくたち高校生にとって、学校という小世界の内と外は自《おの》ずから異なる。人間関係も、ファッションも、性格ですらも。もしかしたら、それは家の内と外の差よりも大きいかもしれない。校外では別の顔、というやつだ。

実はこれまでも、何人か知り合いを見つけていた。同じ船戸高校の生徒もいれば、遙か昔、ぼくが鷹羽《たかば》中学校の困った中学生だったころに見たのもいた。いずれも会釈《えしやく》を交わす程度、あるいは気づかなかったふりでスルー。この程度の儀礼的無関心は、小市民道以前の問題。いわば常識に属する。

ぼくは学校では寂しいやつではないはずだけれど、校外でも進んで言葉を交わすような相手は一人しかいない。

堂島健吾《どうじまけんご》といって、膂力《りよりよく》と義俠心《ぎきようしん》が売りの大男。高校入学当時は顔だけが四角かったけれど、一年経ったらますます筋肉がついて何だかフォルム全体が四角くなってきた。いや、親しいわけでも何でもない。それどころか疎遠なはずなのだけど、可哀想な健吾は空気読解能力というやつが欠けているので校の内外という作法がわからないのだ。

まあ、この夜祭の人ごみの中、そのたった一人と行き合うわけもない。ベビーカステラか天津甘栗でも買ってそろそろ引き上げようかというところで、後ろからヘンリーネックの襟首をつかまれる。

首が絞まって、蛙《かえる》のような声が喉《のど》から出た。一体何だ、さては因縁でもつけられたかと肩越しに振り返ると……。

「……え？」

狐がいた。

ぼくの肩ぐらいの高さから見上げている、白地に赤い隈取《くまどり》の狐の面。鼻面が長く伸びて、髭《ひげ》が左右三本ずつ黒く描かれている。

夜祭にお面屋は欠かせないとはいえ、この面の質感はそんじょそこらのプラスティック製のシロモノとはわけが違う。どうやら木彫りの本物か。……なんじゃこりゃ。

狐の面をかぶっていたのは、浴衣《ゆかた》姿の小さな子。薄桃色の生地に、金で縁取《ふちど》られた白い朝顔。袖から伸びた右手はぼくの襟首をつかみ、左手はだらりと下がっている。ということはこの面、手で顔の前にかざしているわけではなく、ちゃんと紐か何かで着けられていることになる。いくら解放感あふれる夜祭でも、浴衣姿に狐の面はちょっと味がありすぎだ。

夏の夜、人ごみでごった返す祭の日、ふと現れたお稲荷《いなり》さまのお使い。しがない高校生に何ぞご用でもおありでしょうか？　そう問いたい気持ちは山々だけれど。

ぼくはまだ襟をつかんでいる手を振りほどいて、ちょっと腰をかがめた。目の高さを同じにして、

「どうしたの、お嬢ちゃん。お母さんとはぐれたの？」

……途端、向こう脛《ずね》に激痛が走った。浴衣の子、何か和風に強いこだわりでもあるのか、履いているものまで歯の高い黒塗りの下駄だ。重く硬いそれの、しかも角の部分で脛を蹴っ飛ばされたものだから、ぼくは一瞬悶絶《もんぜつ》する。

目じりに、涙まで浮かんできた。

情けなくも片足を抱えて二度三度と飛び跳ね、さすがにたまりかねて抗議する。

「蹴りが強すぎるよ。……小佐内《おさない》さん！」

浴衣姿の子は、両手で狐の面を抱えると、ゆっくりと外した。烏《からす》の濡れ羽色、肩の上で切り揃えたボブカットが現れる。単にボブと呼ぶには少し古風なその髪型を、ぼくは尼そぎと呼んでいる。細い目の中の、汚れない瞳。小さなくちびる。どこからも文句の出ない童顔、お子さまの顔つきだ。男子としてはさほど長身な方ではないぼくの、肩までしかない身長。知らない人が見れば、親戚のお兄さんに連れられて夜祭見物に来た小学生とでも思われること請け合い。

これでこの子は高校二年生。名を、小佐内ゆきという。

小佐内さんとぼくとは、中学三年の夏から一緒にいる。……だからわからないだけで、小佐内さんも少しは大きくなっているのかもしれないけれど。狐の面で顔を覆っているのになぜそうとわかったか。種を明かせば仕掛けは簡単。そんなトライバルなお面をつけて人の襟首をいきなり引っ張るような女性を、ぼくは小佐内さんの他には知らない。

小佐内さんはいま、口に手を当て、目を見開いている。

「ご、ごめんね、下駄なんて履き慣れないから、うまく蹴っ飛ばせなくて……」

「どんな靴なら人の向こう脛を蹴飛ばし慣れてると？」

狐の面ごとかぶりを振って、

「あ、そういう意味じゃないの……。ごめんね、痛かった？」

蹴られた瞬間は目から火花が飛んだけど、そんなにいつまでも痛がるほどのことじゃない。ぼくは足を下ろすと、笑顔を作った。

「そりゃあもう」

「そう……」

小佐内さんは力なくうなだれ、

「でも、わたし、小鳩くんの言葉にとっても傷ついたの……。だから、許してくれるよね？」

「そりゃあもう」

「よかった」

柔らかに笑う。ははは、白々しい。小佐内さんがあのぐらいで傷つくものか。小佐内さんが傷つくというのは、もっと、その。……大変なことなのだ。

外した狐の面を、小佐内さんは右の側頭に括《くく》りつけようとしている。爪糸で留める方式らしいけれど、紐が細すぎてどうも苦戦しているようだ。それにしても、

「こんなもの、どこで買ったの」

「え？　このお面？」

爪糸を蝶々結びにしながら、小佐内さんは目だけこちらに向ける。

「木工屋さんの店先で売ってたの。とっても可愛いから、買っちゃった」

ぼくの知る限り、小佐内さんはあまり物を可愛いと評さない。もう少し正確に言うと、「綺

麗だ」とか「興味をそそられる」などの広い意味で「可愛い」を濫用《らんよう》することはない。ということは、小佐内さんはこの夢に出そうな白い狐の面を本当に可愛いと思っているのだろう。

……まあ、人の趣味に文句はつけまい。

何とか凧糸を結び終えると、小佐内さんは手を後ろで組み、微笑《ほほえ》んで言った。

「ね、一緒に歩こ?」

「え?」

少し、戸惑った。

校外でぼくに親しく言葉をかけてくるのは、堂島健吾ぐらいのもの。それは嘘ではない。小佐内さんとぼくとはよく行動を共にするけれど、それはあくまでも目的あってのものだ。ぼくと、そして小佐内さんも掲げる大目標、目の前にあるようでいてつかみ取れない六等星、「小市民」。ぼくたちは日々を平穏に過ごす生活態度を獲得せんと希求し、それを妨《さまた》げる事々に対しては断固として回避の立場を取る。そして、トラブルもしくはその萌芽《ほうが》からいち早く手を引くために、お互いの存在を利用するのだ。

その小佐内さんが、ぼくと夜祭の目抜き通りを一緒に歩きたいとは、いったいどんな魂胆があって。測りかねたけれど、それはほんの一瞬のこと。小佐内さんがそっとぼくの右側に位置するのを見て、ぼくはその真意を悟った。

「顔を合わせたくない人が、この先にいるんだね」

頭の右側に括りつけた狐の面は、小佐内さんの横顔を多少なりとも隠してくれる。そして左側にはぼくが立つ。ついでに下駄の鼻緒を見つめるように俯《うつむ》き気味に歩けば、小佐内さんは正面から見られない限り彼女とは見抜かれないだろう。まして、こうかっちりと純和風で雰囲気を固めていればなおさらだ。

ぼくの予想を裏づけるように、小佐内さんはもう下を向き、答えるときも顔を上げなかった。

「うん」

「クラスメートか何か?」

「昔の、ね」

人ごみの中あまり立ち止まっていては迷惑。ぼくが歩き出すと小佐内さんも歩調をあわせてついてくる。夜祭の騒がしさの中でも、黒塗りの下駄のからころという足音はよく聞こえた。

「だったら戻ればいいじゃない」

「自転車、この先に置いてるの」

「へえ」

それはそれは。

足元に視線を落としているので、小佐内さんの声は聞き取りづらい。ぼそぼそと、どうやら、

「小鳩くんを見つけられて、よかった」

と言ったらしい。

「ぼくを捜してたんだ」

「来るって言ってたから。捜せば見つかるんじゃないかなって思ってたの。……あんまり、期待してなかったんだけど」

「確かに、すごい人出だからね。よく見つけられたよ」

背が低いのに、と付け加えかけて呑み込んだ。また蹴飛ばされてはかなわない。

そういえば、小佐内さんと街を歩くのは久しぶりだ。いつが最後だったかな……。記憶を辿ると、とんでもないところまで遡《さかのぼ》っていった。他にもあったように思うけれど、思い出したのは去年の春、一年以上前のこと。ケータイを新調した小佐内さんを、ぼくがたまたま見つけたのだ。

ああ、ついでに余計なことも思い出してしまった。その日、ぼくは小佐内さんに、自家製フルーツソースがおいしいヨーグルトをご馳走すると言ったんだった。確か、まだその約束は果たしていない。一年も前のこと、小佐内さんは憶えているだろうか。憶えていたら……。いまからでも遅くない。何とか、フォローの手段を考えた方がよさそうだ。小佐内さんは甘いものを、とても愛しているから。

小佐内さんは、甘いものを二番目に愛している。甘いもののためなら、体力と資金の許す限りどこまでも行く。

……そして、そんな小佐内さんが一番愛しているのは、実は「復讐」だったりする。

見かけは可愛らしいけれど、彼女はカウンターパンチャーのようだ。より強く殴り返すために、誰かが殴ってくれるのを待っていた。その性格、『狼』である自分を、小佐内さんは封じようとしている。それゆえ、小佐内さんは小市民を目指している。

一方ぼくが改めなければならないのは、生まれつき、余計なことに口を挟んでしまう性格。岡目八目よろしく人のやっていることに横から口を出し、よせばいいのに知恵を働かせて知った風なことを言って、結局多くの人に嫌な思いをさせた。この『狐』をこそ、ぼくは「小市民」概念によってねじ伏せなければならない。

……去年の春から夏にかけて、ぼくと小佐内さんは結果的に、有印公文書偽造の犯罪を暴いた。そのためかどうかはわからないけれど、五人の人間が逮捕された。こんなことは、断じて、小市民のなすべきことではなかった。その反省の上に立ち、ぼくたちはその夏以降、ごく大人しい一年を送ってきた。「小市民」の座は、もはやもらったも同然だ。

「あ！」

突然、小佐内さんが素《す》っ頓狂《とんきょう》な声を上げた。何かを指さしている。すわ何事かとその方を見てみると、あったのは一軒の綿菓子屋。

小佐内さんは表情を悲痛にゆがませると、絞り出すように言った。

「綿菓子、食べるの忘れてた！」

この夜祭、ぼくは散歩に来た。

しかし、小佐内さんはどうやら、満喫しに来たらしい。

その楽しげな様子に、野暮だとわかっていても、ぼくは水を差さずにいられなかった。

「小佐内さん。綿菓子の原価、知ってる?」

「……」

「砂糖がどれほど安いものか。その砂糖がどれほど少しで綿菓子ができるものか」

がらん。小佐内さんが下駄を踏み鳴らす。ずっと下に向けていた顔をきっと上げて、小佐内さんは力強く主張した。

「高いとか安いとか、そういうことじゃないの。……わたしは綿菓子を舐めるのよ」

そこまでの決意をお持ちとは、お見それいたしました。

結局、小佐内さんは右の横顔を狐の面で、左の横顔をぼくで、正面を大きな白い綿菓子で隠しながら人ごみの中を歩くことになった。下駄を鳴らしながら歩く小佐内さんは、ときどき綿菓子にむしゃぶりついてはにっこりとする。最初ぼくは、顔を隠すための仮面代わりに綿菓子を買ったのではと思わなくもなかったけれど、この様子を見る限りどうやらこれは勘繰りすぎらしい。

綿菓子に気を取られて小佐内さんの歩みが遅くなったので、その分ぼくが歩調をあわせることになる。身長の差がそのままコンパスの差になるので、ゆっくり歩く小佐内さんにぼくがあわせるのはなかなか大変だ。何気ない素振《そぶ》りで至極《しごく》のんびりと歩きながら、ぼくはその実、周囲に目を配っていた。小佐内さんの「顔を見られたくない人」に、ちょっと興味があったのだ。ちなみに、この先に自転車が置いてあるから顔を見られたくない相手がいても行かなくてはならない、という小佐内さんの発言は、まず嘘だ。小佐内さんは浴衣。自転車を漕ぐには裾《すそ》をからげなくてはいけない。

まあ、裾をからげるといっても見えるのはせいぜいふくらはぎぐらいまで。それなら制服のスカートと大差ないという合理的な考えもあろうけれど、小佐内さんの履物は下駄なのだ。浴衣でサドルに跨《また》がることはあっても、下駄でペダルは踏みづらい。和風で揃えたいなら草履《ぞうり》でもよかったのにわざわざ下駄を履いているということは、小佐内さんは十中八九、自転車では来ていない。

それなのに顔を隠してこっちに来たということは、何のことはない、「相手には見られたくないけど、こっちは見たい」ということに他ならない。そんな相手の顔なら、ぼくも拝んでおきたかった。

小佐内さんには、何か理由があるのだろう。それは当然そうだ、理由がなければ小佐内さんはぼくに声をかけたりはしなかっただろうから。しかし、その理由はわからない。いまのところ、これ以上考える材料はなさそうだ。

……まあ、しかし、どうせ大した理由ではないだろうと思ってはいる。ぼくたちは「小市民」

を目指している。そんなことを言葉にしてしまうぐらいなので、もちろんぼくたちは自意識過剰だ。小さな種を大きく膨《ふく》らませて、これは大変何とかしないとと慌ててみせる。針小棒大、どうにも地に足がついてないそれは、まるで綿菓子のよう。

左右に視線を走らせ続けていたら、綿菓子の陰から小佐内さんが訊いてきた。

「何をきょろきょろしてるの？」

「ああ、いや、天津甘栗の店があったら、買って帰ろうと思ってね」

ちなみにこれは完全な嘘ではない。一割ほどは、そういう気持ちもあった。小佐内さんは小首をかしげる。割り箸に巻きついた綿菓子も、同じ角度だけ傾く。

「この先には、なかったと思うよ」

「そっか。まあ、どうしても欲しいわけじゃないから」

小佐内さんの言った通りだった。じゃがバタ屋、射的屋、スーパーボールすくいにチョコバナナ、風船売りで夜店はおしまい。ケータイを出して時計を見ると、思ったよりも夜が更《ふ》けていた。テストもあるし、そろそろ帰らないと。

じゃあぼくはここで、と足を止めると、小佐内さんは綿菓子をぱくつくのをやめた。

「ところで小鳩くん。夏休み、何か予定ある？」

一学期末考査が終われば、当然夏休み。ぼくの予定は……。

「特にないね。小佐内さんは」

んっ、と考えると小佐内さんは一瞬宙を見上げ、それから綿菓子を少し舐めると、またにっこりとした。

「わたしね。……何だか、素敵な予感がしてるの！」

その笑顔に、ぼくも笑って応える。

夏休みに、素敵な予感か。

小市民的には、ひと夏の思い出作りでも目指すべきだろうか？

第一章　シャルロットだけはぼくのもの

1

全てはこの忌々《いまいま》しい暑さのせいだ。ぼくはそう決めた。何もかもがいつも通りだったら、ぼくはこんなことを考えはしなかったに違いない。

いま、この家にはぼくと、小佐内《おさない》さんしかいない。誰の目を憚《はばか》ることもない、ということだ。これまでだって、二人きりになることが全然なかったわけでもない。だけどぼくは、小佐内さんに手を出そうなんて考えたことはなかった。今日までは。

クーラーが涼しい風を送ってくれているはずだけれど、とてもそうとは思えない。夏の熱気を溜め込んだ体の中で、ぼくは自分の気分が果てしなく高揚《こうよう》していくのを感じ、一方で頭の芯みたいなところがすうっと冷えていくのを感じていた。汗が滲《にじ》んでいるような気がして、ハンカチで耳の下を押さえる。緊張で、喉《のど》が渇いてきた。小佐内さんが注いでくれた冷たい麦茶を、ほんの少し口に含んだ。

小佐内さんは、この日差しの中お使いをしたぼくをねぎらって、いつもの抑えめな笑顔で、この冷えた麦茶を出してくれた。そのとき小佐内さんは、ぼくに裏切られるなんて思ってもいなかっただろう。

信頼を裏切るのは、とてもとてもつらいことだ。小佐内さんには本当に悪いと思う。……だけど、ぼくがそのことに興奮していることも、間違いない。

さあ、やると決めたからには、行動に移そう。そして、行動するからには、露見しないようにやらなければならない。

ぼくはそっと、手を伸ばしていく。

……忌々しい暑さのせいで、誰も彼もがおかしくなっているんだ。ぼくも、そして、小佐内さんも。何もかもがいつも通りだったら、ぼくはこんなことを考えはしなかったに違いない。

何かが違い始めたのは、思い返せば、昨日のことだった。

2

高校二年の夏休み。

その初日に、小佐内さんがぼくの家までやって来た。

夕暮れ時、呼び鈴の音に何の勧誘だろうと玄関先まで出ると、小佐内さんが立っていた。限界ぎりぎりいっぱいまでサドルを下げた自転車が停めてあった。ただでさえ若く見える小佐内さんだけれど、ましてお召し物がラメ入りのタンクトップにピンクのベレー帽となると、実年齢と外見との乖離《かいり》は決定的だ。……小佐内さんの私服姿は、大抵どこか変装めいている。

黒髪の下で小佐内さんは、上目遣いで黙ってぼくを見ていた。

いったい何の用だろうと訝《いぶか》るぼくに、おもむろに小佐内さんは地図を見せた。

「小鳩《こばと》くん、これ、何かわかる？」

何かも何も、一目瞭然。この街の地図だ。ただ、いろいろと書き込みがされている。地図のあちこちに赤い印がつけられ、そのそばに固有名詞らしい文字列が書かれている。最初はそれらが何なのかわからなかったけれど、〈ハンプティ・ダンプティ〉という名前を見つけてぴんときた。ぼくは、大分あきれた調子を滲ませて、こう答えた。

「この街の、お菓子屋さんの場所を記した地図だね」

小佐内さんは一度小さくこくりと頷き、それから小刻みに首を横に振った。

「そうだけど、そうじゃないの」

「と言うと」

「これはね」

秘密を告げるように、真剣なまなざしで、

「わたしの、この夏の運命を左右する……」

「運命……」

「〈小佐内スイーツセレクション・夏〉」

ぼくはゆっくりと玄関のドアを閉めた。

夏休み最初の夜をどう過ごそうか思案しながら自分の部屋に戻ろうとすると、また呼び鈴が鳴らされた。二度、三度。溜息をついて、玄関に戻る。小佐内さんは弁解するでもなく恨めしげにするでもなく、黙ってもう一度地図をぼくに差し出した。

「あのねえ。ぼくは甘いものが嫌いってわけじゃないけどさ。小佐内さんほど好きでもないってことは、是非わかってほしいんだ」

小佐内さんの表情が、ふと翳《かげ》る。

「受け取って、くれないの……？」

別に強いて拒《こば》む理由もないけどさ。

「じゃあ、貰うね」

「よかった。じゃあ、明日、お店に行こうね」

え？　ぼくは間抜けにも、人差し指で自分を指した。

「ぼくが？　小佐内さんと？」

「うん」

何だかよくわからない。どうしてぼくが小佐内さんと、洋菓子店に。

小佐内さんと二人で甘いものを食べに行ったことが、ないわけじゃない。むしろ、よくあることだ。ただ、夏休みになんでわざわざというのがわからない。

どんな人格でもそうだと言われるかもしれないが、小市民というスタイルは他者との人間関係の中で確立されるものだ。そして高校二年生であるところのぼくたちの人間関係は、ほぼ学校内のことに集約される。だからぼくたちの助け合い、互恵《ごけい》関係も、必然学校にいる間だけのことになる。ぼくと小佐内さんは学校にいる間はよく一緒にいたけれども、休日にわざわざ会うことはほとんどなかった。まして、夏休みには会う必要が全然ない。実際、去年の夏休みはぼくたちは全然顔を合わせなかったのだ。

「どうしたの。何か、理由でもあるの?」

そう訊くと、小佐内さんは少し声を落とした。

「今年の夏の計画を完遂《かんすい》するには……、どうしても、小鳩くんみたいな人がいてほしいの」

スイーツコンプリート計画にどうしてぼくがいてほしいのか、さっぱり見当がつかない。そして、見当がつかないことを見当がつかないままに辞退するのは、何と言うか、非常につらい。欲求不満を、ぼくは多分表情に滲ませていただろう。小佐内さんが相手だと、憚ることなく考えたがりの癖が出てしまってよくない。いったい何を企んでいるのか問いただしたくなる気持ちを持て余していると、小佐内さんがぼくを見上げながら、少し首を傾けて、消え入りそうな声でこう言った。

「行きたくないの？」

そう言われるとなあ。

「そんなことはないけど」

途端、小佐内さんは柔らかく微笑《ほほえ》む。

「そう、よかった。……じゃあ、明日、一時にね」

そして、もう一枚紙を渡してくる。それを見て、ぼくは絶句した。


〈小佐内スイーツセレクション・夏〉

ベスト10！
1〈セシリア〉夏期限定トロピカルパフェ
2〈ティンカー・リンカー〉ピーチパイ
3〈むらまつや〉りんごあめ（↑販売時期注意！）

4〈桜庵〉あいすくりいむ二種盛り合わせ（↑黒胡麻&豆乳）
5〈道の駅キラパーク〉スペシャルサンデー
6〈ラ・フランス〉桃のミルフィーユ
7〈ベリーベリー三夜《さんや》通り店〉フローズンすいかヨーグルト（↑生クリームトッピング）
8〈ライトレイン〉黄桃パフェ
9〈あすか〉宇治金時（↑つぶあんで注文）
10〈ジェフベック〉マンゴープリン

ベスト10選外　含非夏期限定商品　要！　注目！
ランクA
〈あかずきん〉レアチーズケーキ
〈アリス〉グレープフルーツタルト
〈プランタジネット〉アンブロシアケーキ
〈春日製菓鍛治町直売所〉おはぎ（↑お盆限定）
〈レモンシード〉カヌレ（↑お持ち帰り専用）

〈コーンフォーク〉ツィトローネン
〈ハンプティ・ダンプティ〉パンナコッタ（↑再封印中……）
〈カノッサ〉紅茶サブレ
〈ラロッシュ〉オリジナルクッキーセット
〈椿苑〉わらびもち

ランクB
〈喫茶待夢《たいむ》〉チョコレートシフォン
〈アールグレイ2〉ティラミス
〈甘泉〉あんみつ
〈タリオ〉ハーフ&ハーフシュークリーム
〈グネヴィア〉パイナップルワッフル
〈銀扇堂《ぎんせんどう》〉白玉団子
〈トライアングル〉桃のロールケーキ
〈トリコロール松波ビル店〉サバラン

〈カフェテリアかがわ〉ぶどうのパウンドケーキ
〈ムーンストーン〉バームクーヘン

……これは、また、どう反応していいものか……。

まさか、これを全部まわるなんてことは、言わないだろうね。

翌日。一時と言われたから一時には出かけられるように準備していたのに、小佐内さんから届いたメールは何とも人を食ったものだった。

『ごめんなさい。家を離れられなくなりました。第十位のお店でマンゴープリン二つとシャルロットのグレープフルーツのせを四つ買って、わたしの家まで来てください。ごめんなさい』

文の始めと最後をごめんなさいで括ればいいというものでもない。小佐内さんは、昨日ぼくの家に来た時点で、今日出かけられなくなることを予想していたのだろうか？　だとしたら体《てい》よくお使いに使われてしまったわけだけれど、そのことには別にまあ、腹は立たなかった。小佐内さんがぼくを利用するのは、ぼくが小佐内さんを利用するのと同じく、よくあることだから。

腹が立ったのは、その日の猛烈な暑さにだった。〈小佐内スイーツセレクション・夏〉には、三十軒に及ぶ店がマークされていた。ランキング表を参照すると、第十位の店は〈ジェフベック〉。行ったことのない店だけれど、ぼくの家から小佐内さんの住むマンションへの通り道のほど近くに建っていたのはありがたかった。もしこれが街の反対側だったりしたら、よほどの理由があっても足を延ばす気にはなれなかったに違いない。それほどにこの日は暑かった。

高気圧に日本列島がどっぷりと包まれていて、家を出た十二時現在で気温は三十六度を突破していた。一日中晴れた場合気温が最も高くなるのはおよそ午後二時だから、それからも気温は上がったはずだ。空気に湿気が少なくからりとした暑さだったのは救いだけれど、自転車を漕ぐぼくの首筋はたちまち汗に濡れてしまった。

地図を見ながら、〈ジェフベック〉を捜す。ここに洋菓子店がありますよとアピールするようにフランス国旗が翻《ひるがえ》っていたので、あまり手間をかけずに見つけることができた。ひさしや看板は新しいし壁も綺麗なクリーム色だけれど、トタン屋根の色褪せ具合を見ると、古い建物をリフォームしたんだろうと当たりがついた。そんなことはどうでもよかった。店内に冷房が効いているかが、重要だ。

しかし、それは杞憂《きゆう》だった。洋菓子店は生菓子も多く扱っているわけで、スーパーマーケットなどと同じく食品衛生上、涼しい空間でなければならない。自動ドアに見えて人力仕様だった横開きの戸を開けて店内に入るや流れ出した涼しい風に、ぼくはほっとし、ポケットからハンカチを出すと汗を拭《ぬぐ》った。

が、

「……なんと」

ハーブが一葉添えられた、綺麗なオレンジ色のプリン。これがマンゴープリンだ。一方シャルロットと書かれた札の後ろには、三角柱形の白いケーキが並んでいた。ホールを八つに切り分けたものらしいが、数が足りない。マンゴープリンは充分な数があるけれど、シャルロットは三つしかない。ご注文は四つなのに。

「はい、いらっしゃいませ」

と奥から出てきたエプロン姿の女の人に、ぼくは訊いた。

「すいません。待っていれば、ここにあるケーキは補充されますか？」

店員さんは、ぼくをじろりと見ると、無愛想に答えた。

「ここに出てる分で全部です」

そうですか。まあ、一時という約束で時間にあまり余裕はないから、補充されるとしても待つことはできなかったけど。ないものは買えないので、ぼくはマンゴープリンを二つと、シャルロットを三つ買った。いくら小佐内さんの様子がおかしくても、ないものまで買ってこいとは言わないだろう。

店員さんはやっぱり無愛想に、だけれど手際よく二種類のケーキを紙箱に詰めていく。ぼくはそれを横目に、小佐内さんにメールを打った。

『ケーキ買ったよ』

『ありがとう。たのしみ』

ケーキの数がご注文よりも少なかったことを書かなかったのは、単にぼくがメールを打つのが遅いからだ。どうせすぐ会うんだし、口で言えばいい。

ケータイをしまっても、まだ店員さんは箱詰めを続けていた。時間がかかるなあ。何か貰えるものはないかなと周りを見ると、レジの脇に置かれたかごの中に、サービスのポケットティッシュが盛られていた。地元の信用金庫の宣伝らしい。ちょうど手持ちがないことだし貰おうかと手を伸ばしかけたところで、

「お待たせしました」

と声をかけられた。手を引っ込める。ケーキは、二つの紙箱に分けて入れられていた。マンゴープリンの入った箱と、シャルロットの入った箱。

このサイズの箱なら二つ重ねて自転車の前かごに入れられるけれど、五つまとめて入るようなサイズの箱だと大変だっただろう。この店員さんは愛想はないけれど、意外と気配りの利く人なのかもしれないな、と思った。

3

小佐内さんの一家はマンションの三階に住んでいる。クリーム色の壁をした、いいマンションだ。戸数も多い。道には迷わなかった。何度か、お邪魔したことがある。

ドアをノックすると、涼しげな白のワンピースを着た小佐内さんが室内に招いてくれた。

「ごめんね、お買い物してもらって。暑かったでしょう」

「買い物は別にいいけど、そうだね、やけくそに暑かったね」

室内には、他に人がいそうな気配はない。小佐内さんは一人っ子で、ご両親は共働きで、お二人とも出社は早く帰宅は遅いそうだ。そのせいか、この家に来るたび、生活感が希薄だと感じてしまう。そういえば、小佐内さんのご両親にはお会いしたことがない。娘さんがまだ高校二年生でこれだけのマンションを買えるのだからよく稼げる職業に就いているのだろうけど。それとも、遺産か何か。そういう話をしたことはなかったし、これからも多分することはないだろう。エアコンは効いていたけれど、設定温度が高めなのか、あまりひんやりとはしなかった。

「リビングで待ってて。冷たい麦茶、いるでしょう?」

「いる」

ものすごく、いる。

フローリングのリビングで、カーペットに置かれた背の低いテーブルにつく。両手に持ったケーキの箱も、テーブルに置いた。

小佐内さんは麦茶をジョッキに注いで持ってきてくれた。何でジョッキがあるんだろうと思いながら、喉を鳴らして頂く。気分としては一気に飲んでしまいたいぐらいだったけれど、きんきんに冷えた麦茶をジョッキ一杯分飲み干すのはさすがに無理だ。半分ほどしか飲めなかった。

もう一度ダイニングに下がって、今度は両手にコーヒーカップを持って戻ってくる。お湯を沸かしていたにしては早いから、多分コーヒーメーカーがあるんだろう。コーヒーからは湯気と、豊かな香りと、熱気が立ち上ってくる。ぼくはハンカチをポケットから出して、汗の滲むひたいに当てた。

次に持ってきたのは、小皿とスプーン。

「じゃあ、ケーキ、食べようか」

ということは、本当にぼくと小佐内さんとでケーキを食べるために呼び出されたわけだ。

……だから、ぼくはそれほど甘いものが好きじゃないと何度も……。小佐内さんは呆れ顔のぼくに構いもせず、やたら神妙な顔つきで、玉手箱でも開けるようにゆっくりとケーキの箱に手をかける。

そのとき、電話が鳴った。

単調な電子音。ケータイの呼び出し音だった。ぼくのかと思ってポケットに手を当てるけれど、かかってきたのは小佐内さんの方にだった。小佐内さんは、この電話を待っていたのかな？　フローリングの床に転がしてあったケータイに、文字通り飛びついた。小佐内さんは身のこなしが軽い。

「もしもし、どう？」

そして、ぼくにちらりと視線を向ける。

「ごめん、ちょっと待ってね」

と電話の向こうに断って、それからぼくの方にも、

「ごめん、ちょっと待ってね」

と言うと、そそくさとリビングを出て行ってしまった。残されたのは、ぼくとケーキとコーヒーと。

ただ待っていても仕方がないので、ぼくはケーキの箱を開けた。自転車の前かごの中で多少揺られたにもかかわらず、マンゴープリンもシャルロットも、崩れていなかった。

マンゴープリンは透明のプラスティックのカップに入っている。オレンジ色のプリンの上にちょっと生クリームが絞られて、クラムベリー一粒とハーブの葉が一枚、添えられている。よ

く見ると、角切りの果肉がいくつか詰まっているようだ。おいしそう……、なのかな。ぼくはあまりマンゴーを食べたことがない。

シャルロットは見た目にはなんだか大きな八つ切りタルトといった感じだけれど、タルトのパイ生地と違ってシャルロットの外側にあたるのは少し焼き色のついた柔らかそうなスポンジだ。中身は、何だろう。白いけれど、食べてみないことには食感も味も想像できない。金色の厚紙でできた受け皿に盛られて、透明のフィルムが巻いてあった。底面もスポンジだ。上には、ルビーグレープフルーツが載っている。酸《す》っぱいだろうに、ケーキに合うのかな？

マンゴープリンは一つずつ。シャルロットは、ぼくが一つ貰って、小佐内さんの方に二つ置いた。シャルロットが四つなら二つずつ食べたんだろうけど、三つしか買えなかった以上、小佐内さんが二つ取るのは極めて自然なことだった。別に小佐内さんがそうしてくれと言ったわけじゃないけれど、ケーキが三つなのにぼくが二つで小佐内さんが一つだなんてのは、水が上に流れるようなものだ。自然の摂理に反している。

配り終えて、待つ。エアコンの作動音だけが聞こえてくる。耳を澄ませてみるけれど、小佐内さんの電話の声は聞こえてこなかった。

まあ、考えてみれば、何も小佐内さんと仲良く差し向かいで食べる必要はないわけだ。別に望んだわけでもないのにどうして食べることになってしまったのかはわからないけれど、目の前にケーキとコーヒーがあれば、すべきことは一つだ。それに、甘いものがそんなに好きではないとはいえ、実はぼくは今朝から何も食べていなかった。あまりの暑さに食欲が削られていたからだけど、こうして食べ物を前にすると、ちょっと空腹感が湧いてきた。

「……先に頂くか」

一人呟《つぶや》いて、ぼくはスプーンを手に取った。

どちらを食べようか少しだけ考えて、シャルロットにする。マンゴーの甘さよりもグレープフルーツの酸っぱさの方が、気分に合ったからだ。

ところが、このシャルロットが、とんでもないしろものだった。

ぼくはスプーンを握ったまま、感動に打ち震えていた。

なんという……。

なんという旨さか！

泡がさらりと溶けていくような軽やかな口当たりに、見え隠れする程度のほのかな甘味。スポンジ生地の内側は、クリームチーズ風味のババロアだった。そのチーズの味わいは自己主張が強くなく、その穏やかな味わいをしみじみと楽しんでいると、内側に隠されたマーマレードのようなソースが不意に味を引き締めてくれる。このシャルロットはホールを八つ切りにしたものと見たけれど、外見からはそんなソースが隠れていることはわからなかった。どうやら一旦ピースに切り分けた後で、スポイトか何かでババロアの中にソースを注入したらしい。手のかかることをするけれど、確かにこれは嬉しい不意打ちだ。酸味と甘味がこれほどマッチしたものは初めて口にした。

ぼくはもともと、小佐内さんが好むお酒の味や甘さがはっきり出るタイプの洋菓子はどちらかというと苦手だ。それよりもあっさりと軽いタイプのほうが好きなのだけれど、このシャルロットはぼくの好みを具現化したような味わいで、ぼくは柄《がら》にもなく陶然としてしまった。

外側のスポンジ生地は普通の味しかしなかったけれど、腹をすかせたぼくには食いでがあって、これもよかった。熱いコーヒーを時折啜《すす》りながら夢中でスプーンを運び、気づくともう食べ終えてしまっていた。いやあ、これは幸せな体験だった。最後にコーヒーで余韻を洗い流し、ぼくは深く溜息をつく。

さすがに、小佐内さんがこの夏の運命をかけて選んだ店というだけはある。いや、このシャルロットは別に夏のものというわけではないだろうから、小佐内さんの本命はマンゴープリンなんだろうけど。それにしてもこれは最高だった。小佐内さんも、きっと喜ぶだろうな。

小佐内さん……。

「まだ、電話してるのかな」

戻ってくる気配は、全然ない。

少し待ってみたけれど、物音一つしない。相変わらず、エアコンが唸《うな》りを上げているだけで。

いまのケーキは本当においしかった。そしてぼくは、朝から何も食べていなくて、空腹なのだ。加えて、小佐内さんは甘いものが大好きで、非常に深い執着を見せる。

……もう一つ、食べたい。

不意に、その衝動がぼくを襲った。

シャルロットは、あと二つある……。

ぼくは、自分が考えたことに慄然《りつぜん》とした。たらりと冷や汗が流れた気がして、ハンカチを首に当てた。

まさか、ぼくは……。小佐内さんの分に、手を出そうとしている？

そんなことが許されるのか。ついさっきぼくは、小佐内さんが一つでぼくが二つなんて自然の摂理に反していると思ったばかりじゃなかったか。小佐内さんはきっとこのシャルロットが絶品であることを事前に知っていたはずだ。しかも、ぼくが一人二つずつ買ってくると思っている。実際小佐内さんの分は二つあるのに、一つを横取りしてしまうなんて……。

戸惑いながら、しかしぼくは自分の欲望に気づいてしまっていた。

小佐内さんのケーキを横取りする。……それは何て邪悪で、甘美なたくらみだろう！

「困ったな。……欲しいよ」

あと一分、いや、三十秒待とう。その間に小佐内さんが戻ってきたら、ぼくは笑顔で彼女を迎え、〈ジェフベック〉のシャルロットを絶賛し、小佐内さんがそれを二つ平らげるのを黙って見ていよう。しかし、もし戻らないときは。

そのときは……。

……そして、小佐内さんは戻らなかった。

遅々として進まなかった時計の針が文字盤を半周したところで、ぼくは決心した。

全てはこの忌々しい暑さのせいだ。ぼくはそう決めたのだ。何もかもがいつも通りだったら、ぼくはこんなことを考えはしなかったに違いない。

やると決めたからには、行動に移そう。そして、行動するからには、誰にもそれが露見しないようにやらなければならない。

小佐内さんに、こう思い込ませるのだ。……シャルロットは、最初から二つしかなかった、と。

4

川中島の合戦という戦いがある。戦国時代を代表する英雄、武田信玄と上杉謙信がぶつかった、極めて有名な戦いだ。

しかし、川中島の戦いは、実のところ歴史上重要な戦いというわけではない。五度にわたって川中島で睨《にら》みあった武田軍と上杉軍は小競り合いを繰り返し、合戦といえる規模の戦いをしたのは、ただ一度だけ。この戦いは、お世辞にも歴史のターニングポイントとは言えない。関ヶ原の戦いや大坂の陣とは比べるも愚か、長島一揆の方がまだしも後世に影響を与えた戦いと言えるだろう。実際、船戸高校で使っている教科書には川中島の戦いは載っていない。

歴史的に重要ではない局地戦に過ぎない川中島の合戦が、しかしどうしてこれほど有名なのか。

その答えは、二人の英雄のぶつかり合いというロマンティシズムに尽きる。大局的に重要であったか、歴史の上で大きな位置を占めたか、というのは、実は関係がない。竜虎相争う図こそが、川中島の合戦が語り継がれてきた理由だ。

小佐内さんを向こうにまわして三つ目のケーキの存在を隠そうとするぼくは、ふとそんなことを思った。そう、これは、ぼくと小佐内さんとの間の戦いなのだ。

相手にとって、不足はない。全然、ない。

これが戦いだとするなら、戦場はこのテーブルの上に限られる。

記憶を辿ったけれど、ぼくは小佐内さんに〈ジェフベック〉でシャルロットをいくつ買ったかは話していない。送ったメールもケーキを買ったと打っただけだし、この家にお邪魔してからも外は暑かったということしか言っていない。小佐内さんはケーキの箱を開こうとして、電話がかかってきてリビングを出て行った。つまり中身は見ていない。いずれ代金は精算しなければいけないけれど、いくらかかったということもまだ話していなかった。

ということは、このテーブルの上のものを適切に全て処理すれば、小佐内さんは三つ目の存在を知りえないということだ。

では、テーブルの上には何があるのか。一見関係がなさそうだからと意識の中から排除する愚を犯さないよう、ぼくは一つ一つを検討する。

一方で、時間制限があるのも確かだ。小佐内さんの電話の用件はわからないけれど、永遠に話し続けるわけではない。ここから小佐内さんの話し声が聞こえないということは、いつ電話が終わってもぼくにはわからないということだ。思考と行動に費やせる時間がどれだけあるのか、完全に不明だ。であれば、最小のアクションで最大の効果を得るべきだろう。

テーブルの上にあったのは、こういった品々だった。

(1)テレビのリモコン。エアコンのリモコン。目を走らせるが、ババロアが飛び散っているというようなことはない。
(2)ボックスティッシュ。ただし、未開封。
(3)マンゴープリン。二つ。手つかず。
(4)シャルロット。二つ。手つかず。絶品。

(5) ケーキの箱が二つ。空き箱だけれど、中身が全くないわけではない。紙ナプキンが入っている。そして、こちらが重要なのだけれど、箱の底面に巻紙がセロファンテープで貼りつけられている。何のための巻紙か。それはさっき箱を開けた瞬間にわかった。運ぶ間、箱の中でケーキが行ったり来たりして崩れたり倒れたりしないよう、ケーキの滑り止めとして貼られたものなのだ。

マンゴープリンの箱とシャルロットの箱とでは、巻紙の貼られた位置が違う。二種類のケーキでは形が違うし数も違うのだから、滑り止めの位置が違うのは当然だ。マンゴープリンの箱には二枚の巻紙が、シャルロットの箱には三枚の巻紙が貼られている。

(6) シャルロットを盛っていた、金色の厚紙の受け皿。ババロアが少し残っている。これが残っていては論外だ。

(7) もう一つ、ケーキをくるんでいたフィルム。こちらにもババロアが付着している。これも、三つ目のケーキの存在を直接示唆《しさ》するものだ。

(8) ぼくが使ったスプーン。これにもババロアが残っている。一方、小佐内さんが使う予定のスプーンも、もちろんある。

(9) コーヒー。ごく普通の白いコーヒーカップが二つ。小佐内さんの方は減っていない。ぼくの方は半分ぐらい減っている。

(10) 麦茶。炎天下をやってきたぼくをねぎらって、小佐内さんが注いでくれたもの。ジョッキに半分ほどが残っている。

(11) 小皿。この小皿の上にシャルロットを載せて、スプーンで食べた。ただし、ケーキは厚紙の皿に盛られていたので、小皿には何の痕跡も残っていない。

さて。何をどうすれば、小佐内さんの目を、それも甘いものが絡んだ小佐内さんの目を盗むことができるだろう?

フィルムと厚紙の受け皿は、どうしても始末しなければならない。まず、これだ。ぼくはそれらに付着していたババロアをスプーンでこそぎ取り、取れなかった分は拭って、まとめてポケットにしまいこんだ。

そして、ケーキの箱。この底面に残っている滑り止めの巻紙、これが問題だ。マンゴープリンを入れていた箱の方を見ると、なるほどマンゴープリンを二つ入れて滑り止めを施《ほどこ》すならこういう位置になるだろうというところに巻紙が貼ってある。一方、シャルロットを入れていた箱の方。こちらはやや判断しにくいが、図形を解釈する能力が充分にあれば、この巻紙が二つではなく三つのケーキを滑らないようにするために貼られたものであると推理することは可能であるように思われた。そして小佐内さんの能力を低く見積もるのは大変危険だ。この巻紙を、どうするか?

一番いいのは、三枚の巻紙を全て剝がし、シャルロットが二つだった場合に適切な位置になるように貼りなおすことだ。……しかし、ぴったり貼りついたセロファンテープを跡が残らないように剝がし、適切な位置を考慮した上で再度貼りつける作業は貴重な時間を大きく消費する。その作業中に小佐内さんが戻り、「何やってるの、小鳩くん」と訊かれてしまえば、戦いはぼくの敗北で終わる。

といって、これをそのままにしてはおけない。

なら、全部剝がすか？ いや、その場合、シャルロットの箱のみならずマンゴープリンの箱の滑り止めも剝がさなければならない。でないと、どうして片方の箱にだけ巻紙が貼られているのか勘繰られてしまいかねない。そして、五枚全部を跡を残さず剝がすのも、非常に時間がかかることだ。

最少の作業時間で、巻紙からの推理を不可能にする方法は何か。……ぼくは箱から紙ナプキンを取り除《の》けると、三枚の巻紙のうち一枚だけを慎重に、しかし手早く剝がした。剝がした巻紙も、ポケットに入れておく。

残る二枚の巻紙を観察し、ぼくは満足する。構図が崩れ、全く無秩序に見える。二つのケーキの滑り止めであったとは見えないかもしれないが、三つのケーキのそれであるともわからないだろう。

他にケーキに直接関わったもの。スプーンだ。スプーンについたババロアをどう説明するか？

ぼくは瞬間的に、二通りの解決法を導いた。一方は、このババロアを綺麗に舐め取ってしまうこと。これはもっとも単純で、しかも完全な隠蔽《いんぺい》法だ。いくら小佐内さんでも、スプーンに唾液《だえき》が付着しているか鑑定したりはしないだろう。多分。

しかしぼくは、もう一方の方法を採ることにした。小佐内さんの腹に収まるのが自然でありながらぼくによって簒奪《さんだつ》されようとしているシャルロットに手を伸ばし、それを小皿に取る。そして、それが後戻りをできなくさせる行為であることを充分に認識しながら、スプーンでその一角を崩した。これで、このスプーンが使用済みであることの言い訳は立つ。……そして同時に、このシャルロットはぼくのものになった。

ババロアを載せたスプーンを、口に運ぶ。裏切りの意識のせいか、さっきよりもさらにおいしく感じた。

そして、忘れてはならないのがお金のこと。小佐内さんにはマンゴープリンとシャルロットそれぞれ一つずつの代金を請求すればきっちりワリカンになるけれど、その際レシートを要求されては不都合だ。レシートはいま、ぼくのポケットの中にある。フィルムや厚紙の受け皿などと一緒に。これは、もらわなかったことにすればいいだろう。下手にポケットから出してごみ箱に捨てるようなことをしては藪蛇《やぶへび》になりかねない。

これで、ケーキに触れたものは全て始末をつけた。完全だろうか？　もう一度、テーブルを見渡す。ケーキが三つだったことを示すものは、確かに何も残っていないかに思えた。

が、ぼくは安堵の溜息をつきかけて、

「……しまった……」

それを呑み込んだ。

何てことだ、小佐内さんに決定的な疑いを抱かせてしまう証拠が、目の前に残っているじゃないか！　ぼくは頭を抱えたくなった。よりによって、ケーキにスプーンをつけた後で気づくとは！

コーヒーだ。コーヒーが、減っている。

ぼくは猛暑の中をやって来た。暑さに随分とやられ、冷たい麦茶をジョッキ半分一気に飲んだ。それは不自然なことではない。実際、自然に行った動作だ。

しかし、いまテーブルの上では、麦茶は最初に飲んだ状態から減っておらず、コーヒーだけが半分にまで減っている。この暑い中、冷たい麦茶があるのに、熱いコーヒーを優先的に飲むのは明らかにおかしい。なぜ、麦茶ではなくコーヒーを飲んだのか。それはケーキと一緒に飲むのにコーヒーの方が適しているから。ぼくならそれに気づくだろうし、小佐内さんだって多分気づいてしまうだろう。

気を抜く前に気づいたのはよかった。けれど、飲んでしまったものはどうしようもない。どうする？　必死に解決法を求める。いまにも小佐内さんが戻ってきて、「あれ、どうして小鳩くん、コーヒーばっかり飲んでたの」と訊いてきそうで、ぼくは冷や汗がうなじを落ちていくのを感じた。

飲んだコーヒーを戻す法。減ってしまったものを増やす法。麦茶が少しでも残っている限り、なぜコーヒーを飲んだのかという疑問は残り得る。これを封殺するには、麦茶を全部飲んでしまうという方法もあるにはあるけれど、ジョッキ半分の麦茶を飲み干した上でコーヒーも半分飲んでいるというのはそれはそれで疑惑の種になる。

何とかコーヒーを増やせれば。ダイニングにお邪魔して、多分あるだろうコーヒーメーカーから注いでくるというのはどうだろう。いや、それはいくらなんでも客の取る行動ではない。なら、小佐内さんのコーヒーを少し分けてもらうか？　それも難しい。小佐内さんの目の早さなら、自分の分のコーヒーが減ったことにも気づきかねない。

それとも……。悩んでいる時間はない。ぼくは固く目をつむった。

「仕方ない！」

麦茶のジョッキを引っつかむと、ぼくはそれをコーヒーカップの縁《ふち》に当てる。そして、麦茶をコーヒーに注ぎ込んだ。

コーヒーの深い黒は、多少麦茶で薄まったからといって、目に見えて色合いが変わったりはしなかった。麦茶はジョッキの縁から随分こぼれてしまったけれど、それはさっと拭いておいた。

これでどうだ？　今度こそ完璧かな？

しかし、もう一度テーブルの上を精査する時間は与えられなかった。スライドドアが開き、小佐内さんがケータイのモニタをワンピースの袖で拭きながら戻ってきた。

「ごめんね。友達からの電話で。待っててくれなくてもよかったのに。……わあ、マンゴープリン。ありがとう、これ、楽しみにしてたの」

どういたしまして。ぼくはにっこりと笑った。

5

小佐内さんは、マンゴープリンに視線を注いだまま正座したけれど、すぐに気づいた。

「あれ？　シャルロットが……」

「ああ、うん」

ぼくはくちびるを舐める。

「随分人気のあるメニューみたいだね。二つしか残ってなかったんだ」

ほんの少し、小佐内さんの眉が寄った。

「うん。〈ジェフベック〉のシャルロットは、この街で一番なの。でも……、そう、売り切れてたの……」

いかにも残念そうだ。ああ、心が痛む。

「じゃあ、いただきます」

スプーンを取ると、小佐内さんはマンゴープリンとシャルロットを真剣なまなざしで見比べ、後者を手元に引き寄せた。ぼくの視線に気づくとなぜか弁解がましく、

「あ、とっておきはとっておくの」

と説明にもならない説明をした。

特に疑惑を抱いている様子はない。そりゃそうだ、いくら小佐内さんでも、一目見てケーキが三つあったはずだなんてわかるわけがない。確かに小佐内さんは相手にとって不足はないけれど、この戦いはぼくの奇襲で、ちょっとアンフェアだったかな。そんなことを思っていたら、思いがけないことを訊かれてしまった。

「ごめんね、長電話で。待ってた間、どうしてた?」

どうって、シャルロットを食べて、その痕跡を隠蔽してました。いきなり、答えられない質問だ。ぼくは内心の動揺を呑み込んで、できるだけ素《そ》っ気《け》なく返事をした。

「ああ、うん。涼んでた」

「ふうん……? でも、この部屋」

小佐内さんは左手で、エアコンのリモコンに手を伸ばした。

「暑くなかった? 設定温度が、二十七度になってる」

外に比べれば随分ましだけど、確かに高めの設定だ。暑いなと思ったのは緊張と興奮のせいだけじゃなかったのか。小佐内さんがリモコンを向けるとエアコンが電子音で応答し、風の勢いが増した。じとりと滲む汗をこらえながら、ぼくは何とか、言うことができた。

「他人様《ひとさま》の家の家電を勝手にいじるわけにはいかないよ」

「気にしなくてもいいのに……。でも、そうかも。気づかなくって、ごめんね」

どうやら、そこから疑念に発展することはなかったようだ。ほっとする。

シャルロットをスプーンですくい、一口。小佐内さんは一瞬、恍惚《こうこつ》とした。体の奥底から滲み出るような声で、

「……やっぱり、おいしい」

「本当においしいね。こう言ったらなんだけど、いままで小佐内さんが薦めてくれたケーキの中では一番ぼくの好みにあってるよ」

そう言ったのは、何も口が滑《すべ》ったからじゃない。ぼくは小皿の上のケーキに、少しとはいえスプーンをつけている。味については感想を述べられるのだ。小佐内さんは小さく頷き、今度はこんもりとババロアをすくい取って口に運ぶと、

「こういうのが好きなら、他にもお薦めがあるの。夏のベストテンには入れなかったけど……」

「へえ、いつか教えてよ」

「うん」

コーヒーを啜る。ぼくもつられてコーヒーカップを手に取るけれど、中身のことを思い出して思わず躊躇《ためら》った。が、そのままカップを置くのもおかしなことなので、ごく自然に一口飲んだ。……あ、そんなとんでもない味にはなっていない。コーヒーの芳香《ほうこう》に、何だか和風の香りが微妙に加わったぐらいで。コーヒーの味の方が圧倒的に強くて、麦茶はあまりわからなかった。

ぼくもシャルロットにスプーンを入れる。さあ、心安らかに楽しもう。

しかし、その一口を堪能することはできなかった。小佐内さんのあごに、どうした拍子かババロアがついた。

小佐内さんは、マンゴープリンの入っていた箱から紙ナプキンを取り出した。猫が顔を拭くように手を丸めて、ババロアを拭き取る。紙ナプキンは、一枚が残った。

「……っ」

ぞくりとし、喉の奥で妙な音がこもった。一枚取って一枚残る。つまり、紙ナプキンは二枚入っていたのだ。折角の一口を、ろくに味わうこともなく丸のみしてしまった。

二つのマンゴープリンが入っていた箱に、二枚の紙ナプキンが。

……ということは、三つのシャルロットが入っていた箱には、三枚の紙ナプキンが入れられていたのでは？

シャルロットの箱からは、巻紙を剝がすとき、紙ナプキンを取り出した。それはテーブルの、どちらかといえばぼくの側よりに放り出してある。一度でも使えば枚数が分かっただろうに、下手に手を出してはと放置したのが裏目に出た。視線を送るが、重なった紙ナプキンの枚数を見ただけで判断するのは難しい。二枚か、三枚か。いや、よしんば三枚だったとしても、小佐内さんは単に〈ジェフベック〉の店員が一枚多く入れすぎただけと判断してくれるかもしれない……。そんなことが、期待できるだろうか？

ああ、まったく！　充分な時間をかけられなかったとはいえ、何という手抜かりだ！

「……小鳩くん？」

おっと。

「おいしいね」

笑いかけると、小佐内さんも微笑んで、

「うん」

「どうしてシャルロットっていうのかな？」

「あのね、シャルロットは、帽子の種類なの。ピースだと何だかわからないけど、ホールだとちゃんと帽子に見えるの」

「へえ、ホールで食べたことがあるんだ」

「……一度だけ……」

さて、小佐内さんが目を伏せたところで、紙ナプキンをどう始末するかだ。それとも、放っておこうか？　そつなく会話を進めながら隠蔽工作を考えつつスプーンを運ぶので、せっかくのシャルロットは味もわからないままどんどん減っていく。

しかし……。ケーキのお味はまあ、実は副次的なことなのだけど。

ぼくは考えながら、コーヒーカップの取っ手に指をかけ、そして手を滑らせた。カップが大きく傾き、コーヒーがテーブルにこぼれてしまう。

「あっ」

こぼれたコーヒーは広がっていくけれど、その量はぼくが望んだよりも少し多かった。

「ご、ごめん」

と謝って、紙ナプキンに手を伸ばす。もちろん、シャルロットの箱から取り除けたものだ。二枚か三枚かわからないそれを一まとめに掴んで、ぼくはこぼれたコーヒーを拭いた。

「ああ、ああ。ちょっと待ってね」

小佐内さんはスプーンを置いて、未開封だったボックスティッシュの封を開けた。紙ナプキンは既にコーヒーでぐっしょり濡れている。ぼくはそれを手の中で丸めた。いくらなんでも、これを広げて何枚だったか数えるようなことはないだろう。

ティッシュを数枚取って、小佐内さんも手伝ってくれた。思ったより多かったとはいえカップの中身を全部ぶちまけたわけでもないので、コーヒーは綺麗に拭き取られた。

「ごめん」

「うん。ごみ箱はそっちね」

小佐内さんがぼくの背中側を指さす。ぼくの紙ナプキンと小佐内さんのティッシュをまとめて丸めて、放り込んだ。

これで、無事証拠は隠滅した。しかしぼくの、自分でも三文芝居だったと思える下手な動きに、小佐内さんは疑念を抱かなかっただろうか？ ぼくは平然としているけれど、慣れない小手先の細工に少なからず緊張してしまった。エアコンはさっきまでよりも随分と効いてきたけれど、汗が出てきた気がして、いま小佐内さんが開封したボックスからティッシュを一枚貰ってひたいに当てた。

ちらりと、小佐内さんの表情を盗み見る。

ケーキに耽溺《たんでき》しているようだ。不意に目を閉じて、深く味わうように何度か頷いている。

……全然何も疑われないとしたら、それはそれでちょっと寂しいな。そんなことを思いながら、ぼくは再びスプーンを取る。

やがて、小佐内さんが目を開けた。手元のシャルロットを凝視《ぎょうし》しながら、

「ところで、小鳩くん」

「うん」

「このケーキ、奥の方にソースが隠れてるんだけど、何のソースかな？」

手が止まった。ぼくの、二つ目のシャルロットは、まだ表面のババロアを少し削った段階だ。

ソースまでは到達していない。よって、答えはこうなる。

「ソースがあるの？　ぼく、まだそこまで食べてないんだ」

「そう？」

小佐内さんが顔を上げる。目と目が合った。小佐内さんは無邪気に微笑んでいた。大体、小佐内さんが無邪気に笑うのはとびきり上等なスイーツを口にしたときか、復讐の材料を見つけたときと相場が決まっている。

ひやりとする間もなかった。

「でも……。食べたことはあるんでしょう？」

6

ミスがなかったとは言わない。時間が充分でなかった。だけど、どれも適切にフォローしたはずだ。見抜けるはずがない……。

しかし小佐内さんは笑顔のまま、スプーンを小皿に置くと、両手で頬杖ついてぼくの目をじいっと見つめてきた。これはもう、完全にわかっている。この期《ご》に及んで負けを認めないのは、見苦しいだけだ。

ぼくは両手を上げた。

「そうだね。あるよ。マーマレードみたいなソースだった。おいしかったよ」

「そんなに気に入ったの、〈ジェフベック〉のシャルロット」

「最高だった」

そう断言する。小佐内さんは目を細めて頷いた。

「そこまで言ってもらえると、うれしいな。わたしも大好きなの」

そして、続けて言う。

「それで、どうしてこんなこと考えたの？」

「え……。だから、シャルロットがおいしかったから」

「うん。それは聞いた。それで、どうしてこんなこと考えたの？」

小佐内さん……。

そうか。ぼくに言わせるつもりなんだ。ぼくは軽く天を仰《あお》ぎ、俯《うつむ》いて溜息をついた。

「小佐内さんと二人きりだったから」

この、極めて情報量に乏《とぼ》しい言葉を、小佐内さんは正確に読み解いた。

「つまり、わたしと二人だけだったら、知恵試しを思う存分できると思ったから？　わたしを欺《あざむ》ければ楽しいかな、って思ったの？」

さすが。もう二年近く一緒にいると、何となくものの考え方がわかってしまうのかな。ぼくは頷いた。

シャルロットは確かにおいしかった。だけど、それだけでは、ぼくが小佐内さんの分を横取りしようという気にはならなかっただろう。

ぼくと小佐内さんとは互恵関係にあるけれど依存関係にはないので、夏休みに会う必要はなかった。それを、ろくに説明もせずに地図を押しつけて、土壇場で予定をキャンセルするとぼくを炎天下にお使いに走らせた小佐内さんに、ぼくは貸しを作ったような気分になった。

その貸しを、シャルロットを題材にした知恵試しの相手を務めてもらうことで返してもらおうとした、というのがぼくの心理の大体の説明になる。小市民道を歩むぼくたちは、他者の前で知恵を働かせたりはしない。だけど、同志と二人きりなら、リミッターは外れやすい。

……途中から、ケーキの味なんてどうでもよくなっていた。川中島の合戦は、戦闘の意味にではなく両雄がぶつかりあったことにこそ知られるだけの価値がある。小佐内さんと知恵比べできるなら、題材は別にシャルロットでなくてもよかった。

頬杖の右手を外すと人差し指と親指でスプーンをつまみ、小佐内さんはそれでコーヒーカップの縁をたたいた。ちりん、と高い音が響く。

「シャルロットは、三つだったんだよね」

「三つしか売ってなかったんだ。売り切れってのは、丸っきりの嘘でもなかった」

「うん。マンゴープリンを三つ買うことはないし、シャルロットを小鳩くんが三つも食べるなんて思ってない。やっぱり、三つだったんだよね」

もう一度、ただしさっきよりも少し強めに、小佐内さんはカップを打ち鳴らす。りん、という音は、何だか裁判長の槌《つち》の音みたいにも聞こえた。

小佐内さんは飛び切りの笑顔でこう言った。

「夏休み、付き合ってね。昨日のランキング、第一位まで、全部まわるから」

ぼくも微笑む。敗北の代償とあれば、支払わなければならないだろう。


帰り際、ぼくは訊いた。

「ただ、わからないんだ。ぼくのどこにミスがあった？　ケーキが三つあったなんて、そう簡単にわかることじゃないのに」

小佐内さんは目をしばたたかせ、それからどうして気づいていないのかと咎《とが》めるように口を尖《とが》らせた。

「だって、小鳩くん、ティッシュで汗拭いたから」

……そんなこと、したかな？

「コーヒーこぼした後で」

そうか。思い出した。

「最初外から来たとき、小鳩くんはハンカチで汗を拭いてたの。でも、わたしが電話から戻ってくると、ティッシュで汗を拭いた。わたしがいない間に、ハンカチは汗を拭くのに使えなくなっちゃったんだな、ってわかったの」

ぼくは苦笑した。小佐内さんの前でそんな隙を見せれば、見抜かれて当然だ。どうやらぼくは、探偵めいたことをやってしまうことはあっても、名犯人には向いていないらしい。

「ハンカチは何かを拭くのに使う。で、それが使えなくなっちゃったってことは、汗以外のものを拭いちゃって、取り出せなくなったんだろうなって。で、それは拭いたことをわたしに知られたくないものなの。そうでなかったら、ハンカチを使えなくなるほど汚す前に紙ナプキンを使うと思うし、いくら小鳩くんが遠慮深くてもボックスティッシュを開けるぐらいはするだろうし。拭いたことをわたしに知られたくなくて、ハンカチを出せないぐらいにしちゃうもの、そんなのあの部屋には、ババロア以外にないから」

ぼくのポケットの中には、厚紙とフィルムと、ハンカチが入っている。それに付いていたババロアはスプーンでこそぎ取って、残った部分はハンカチで拭いた。ボックスティッシュは未開封で、それを開けてしまうと何を拭いたのか勘ぐられる恐れがあった。紙ナプキンを使うのは現状を無闇に変更することで、避けてしまった。ポケットティッシュを持っていればよかったんだけれど、今日はあいにく持っていない。〈ジェフベック〉で手持ちがないことには気づいていたのに、もらってこなかったのが失敗だった。

実際にはその後、コーヒーカップに注ぐときにこぼれた麦茶もハンカチで拭いた。これではもう、さすがに顔に当てる気にはならなかった。

玄関のノブに手をかける。

「この家にお邪魔するなり汗を拭かなかったら、きっとわからなかっただろうね」

少々の負け惜しみを込めて言うと、小佐内さんは少し考え、それから頷いた。

「きっと、そう。でも……、わたしが全然気づかなかったら、きっと何かヒントを出してくれたよ。完勝じゃ面白くないって。小鳩くんのことだから」

……そんなことはしないよ。小市民だからね。

ノブをまわし、小佐内さん宅を後にする。途端、猛烈な日差しと熱せられた空気がぼくを襲い、たちまち汗が吹き出てきた。

振り仰ぎ、夏の太陽を睨む。まったく、全ては、この忌々しい暑さのせいなんだ。

第二章　シェイク・ハーフ

1

自分がよく知っている人間が思わぬ行動を取ったら、どうしたんだろうと不思議に思うだろう。思わぬ行動が重なれば、相手に何か心境の変化をもたらす重大事があったのかと心配する。そして、それがさらに続けば、自分はもしかして相手のことを理解し損ねていたのではないかと疑問を持ち始めることになる。

ぼくが小佐内《おさない》さんに抱く不審の念は、その域に入りつつあった。

高校二年の夏休み。学校外で顔を合わせる理由は何一つないはずのぼくと小佐内さんが、この夏休みに限ってはやたら何度も会っている。〈小佐内スイーツセレクション・夏〉とやらを渡されて、シャルロットを争点にしたちょっとした知恵比べをやったのは、一週間ほど前のこと。迂闊《うかつ》な見落としから敗者となったぼくを、小佐内さんはしばしば呼び出した。ランキング六位の「桃のミルフィーユ」に、ランキング九位の「宇治金時」。どちらも確かにおいしかった。さすが、小佐内さんが選んだだけのことはある。しかし、一人では甘いものも食べに行けないというほど可愛い人ではない小佐内さんが、どうしてぼくを伴《ともな》おうとするのか、その点はさっぱりわからなかった。

そして、今日届いたメールがこうだ。

『今日は、〈ラロッシュ〉と〈銀扇堂《ぎんせんどう》〉の間にある店に行きます。三時半にお店で待ち合わせです』

〈小佐内スイーツセレクション・夏〉付属の地図を調べると、〈ラロッシュ〉はこの街、木良《きら》市の北北東にあった。ほとんど隣町との境すれすれに位置している。〈銀扇堂〉は西南西。これも町外れの店だ。その間にある店ということなので、地図上で二軒の店の間に線を引いた。線上には二軒の菓子店が引っかかったけれど、一方は〈ラロッシュ〉のすぐ近く、もう一方は両者のほぼ中間に位置していた。つまりこっちが本命と見た。

店の名前は〈ベリーベリー三夜《さんや》通り店〉。ランキング七位の「フローズンすいかヨーグルト」を出す店なので、ここで十中八九間違いないだろう。

このメールは、問題というにはいささか簡単すぎる。となると、解かれることを想定して、じゃれてきているようなものだ。

目的地に向かって自転車を漕ぎながら、ぼくは釈然としない思いに眉を寄せる。

夏休みに三日と空けずに甘いものめぐり、挙句《あげく》にじゃれつくようななぞなぞメール。これではほとんど、男女交際だ。

　ぼくも健全な高校二年生なので、お付き合いに興味がないわけではない。お相手が小佐内さんというのは、その、控えめに言ってもスリリングだけれど、だから却下というほど彼女のことを悪く思っているわけではない。どちらかというともう少し成熟した容姿の女性の方が好みではあるけれど、そこはカバーできないこともない。というか、あまり性格のよくない高校生であるぼく小鳩常悟朗《こばとじょうごろう》にとって、光栄な話ではあるのだ。

ただ……。ぼくの知る小佐内さんとは、どうもイメージが違いすぎる。この夏の小佐内さんの振る舞いは、ことごとくぼくの予想を裏切っている。ということはぼくが小佐内さんを酷《ひど》く誤解していたか、あるいは……。

　赤信号で自転車を停め、ぼくは呟《つぶや》いた。

「何か企んでるか、だ」

　ぼくはそっちに、十ドル賭ける。

2

〈ベリーベリー三夜通り店〉は、その名の通り三夜通りに面している。三夜通りは、駅前から市街中心部へ南北に伸びる通りの一つ。店の位置は、駅のすぐ近くらしい。

少し早く来すぎた。公共駐輪場に自転車を預け、目的の店の位置を確認したのが二時半頃。約束の時間まで、まだ一時間はある。駅まで戻った。

今日は少し日が翳《かげ》っていて、炙《あぶ》られるような暑さは感じない。でも八月なので、もちろん充分に暑い。駅前には高校生や中学生らしき人影もちらほら見られるけれど、その数はあまり多くなかった。もっともだ、木良駅の周辺には若者が楽しめるような場所はほとんどない。駅の前はバスのロータリーになっていて、いまもちょうどバスが一台、人を降ろしていく。あまり乗客は多くない。時刻を考えれば当然だろう。

このまま一時間、太陽の下でぼうっとしているのはぞっとしない。どこか日陰に、できれば冷房の効いた場所に入りたい。ついでに言うと、小腹も空いている。この間は朝と昼を食べなかったけれど、今日も昼を食べ損ねたのだ。

どこか、適当な店があればいいのだけど……。駅周辺に若者が楽しめるような場所がないということは、若者であるぼくは駅の周りのことをよく知らないということでもある。見まわすと、ハンバーガーショップがあった。ちょうどいい、軽く腹ごしらえをしていこう。

店のガラス戸に、「夏だけのスペシャルセット」のポスターと並んで、「三夜通りまつり」のポスターが貼られていた。まつりといっても別に何かを祭るわけではなく、要するに商店街の大売出しだ。隅っこに「主催：三夜通り振興会」と書かれている。これは毎年恒例で、三夜通りを歩行者天国にしていろいろ屋台が並ぶ。小学生の頃は楽しみだった。自動ドアをくぐる。

「いらっしゃいませ！」

笑顔と、冷やされた空気に出迎えられる。気持ちがいい。

「ご注文はお決まりですか」

訊いてくるバイトの子は、多分ぼくと同じ高校生だ。ぼくはメニューをちらりと見て、

「チーズバーガーを下さい」

「お飲み物はいかがいたしましょう」

「いりません」

「ご一緒にポテトは」

「いりません」

「ただいま夏限定のスペシャルセットが」

「いりません」

「ありがとうございます。チーズバーガー一つ！」

ぼくは高校生であり、財力には限界がある。小佐内さんのスイーツ行脚《あんぎゃ》にご一緒するにも、それなりに先立つものがいるのだ。絞《しぼ》れるところは絞っておく。

トレイにチーズバーガーが一個だけ載って出てきた。トレイにはペーパーが敷かれているが、レタスが有機栽培でトマトが契約農家でといったハンバーガーショップの宣伝ペーパーに重ね

て、「三夜通りまつり」のチラシが載っていた。駅前に伸びる三夜通りの地図がチラシの左右に広がる形で描かれて、どの店が何を出す予定なのか載っている。その中の一つに見覚えがあった。特製りんごあめを出す〈むらまつや〉。これ、小佐内さんのスイーツセレクションの結構上位にランクインしてなかったっけ。家に帰らないと、ちょっとはっきりしたことは言えないけれど。

席を探す。二時半という時刻だけれど、店内は結構混んでいた。奥の方のテーブル席にはドレッドヘアだったり緑と黒と黄色の服を着ていたりと何だかレゲエな雰囲気の一団がいて、ひたいを寄せて物凄く深刻そうに何か話していた。別のテーブルにはカップルがいたけれど、レゲエ団の方をちらちらと気にしている。無理もない、ぼくも気になる。カウンター席もいくつか埋まっている。こっちにはロックというかヒッピーというか、ショートジーンズにやたら年季の入ったレザーベストを着ている小柄な人がシェイクを啜《すす》っているのが目に付いた。店の中なのにレザーハットを深くかぶっている。平穏無事を望む小市民としてはレゲエにもヒッピーにも近寄りたくなかったので、少し離れた窓際のカウンター席にトレイを置いた。チーズバーガーを紙袋から出し、さてかじりつこうかというところで、声をかけられた。

「よう」

二つ隣の席に、知った顔が座っていた。

もともと肩幅が広く大柄だったけれど、この一年でさらに成長したらしく雰囲気は既に偉丈《いじよう》夫《ふ》といった感じだ。腰かけた回転椅子が頼りなく見える。髪の襟足を少し伸ばし、頭頂部を軽く逆立《さかだ》てて、男っぷりが上がっている。柄もののシャツにカーゴパンツといういでたちも、洒落てはいないが無難ではある。ただ生まれつきの角顔までは変わらないので、無骨な印象は拭《ぬぐ》えないし、本人もきっとそれでいいと思っているだろう。堂島健吾《どうじまけんご》。古い知り合いだ。……妙なところで会ったものだ、間の悪い偶然だ。呼びかけられては知らぬふりもできない。ぼくはのろのろと応える。

「やあ」

「随分、久しぶりだな」

「クラスが違うからね」

それには答えず、健吾はフライドポテトを数本まとめて口に放り込んだ。

健吾のトレイには、ハンバーガーにコーヒーにポテト、ついでにチキンナゲットが載っていた。確かそれが夏のスペシャルセットだ。健吾はぼくにちらりと視線を送ると、すぐにまっすぐ前に、つまり窓の外の駅前の風景に目をやった。低い声で、

「お前も、調べに来たのか」

「何を?」

「違うのか」

「腹ごしらえに来ただけだよ。昼を食べてなくてね」

健吾は酷く不機嫌に呟いた。

「そうだったな。お前はぼんくら志望だったな」

ぼくと小佐内さんが志望しているのはぼんくらではなく、小市民だ。だけどぼくは、あえて訂正はしなかった。小市民は声高《こわだか》に自らを小市民だと言いはしない。

健吾とぼくとは、小学校が同じだった。高校に入りたての頃、健吾はその頃のイメージでぼくを捉《とら》えた。つまり、多少洞察力に優れ知恵がまわることを鼻にかけ、そのことを隠そうともしていなかった頃のぼくのイメージで。健吾は高校生の小鳩常悟朗にも、一種探偵めいた能力と、そして性向を期待したらしい。しかし、いまのぼくはそうではない。

……健吾は言う。以前のぼくは嫌なやつではあったけれど、一目置くに値した、と。そしていまのぼくは単にこぢんまりとして、そのくせ腹に一物あるようなろくでもないやつになってしまった、と。

ぼくにも言い分はあった。が、結局ぼくと健吾との考え方の乖離《かいり》は決定的で、話すたびに行き違う相手と親しくお付き合いするのは小市民的ではなく、ぼくと健吾はしばらく言葉を交わしていなかった。健吾は気にしていないようだけど、ぼくの方が少し敬遠気味だったのだ。

まあ、基本的にはいいやつなんだけどね、堂島健吾は。

何も顔を合わせるごとに喧嘩腰になるにも及ばない。ぼくは笑顔を作る。

「健吾は、何か調べてるみたいだね」

「ああ」

「新聞部？」

「いや。個人的な話だ」

窓の外を向いたままで、

「だがお前には関係ない」

ごもっともで。それで済むなら、こちらから聞くことはない。

それで会話が終わったものと思って、ぼくはチーズバーガーにかぶりつく。しかし健吾は、まっすぐ外を見たまま言った。

「……うちの学校の女生徒でな。名前は言えないんだが」

あ、話すの？　別に本当に知りたいわけじゃないんだけど……。一応、ふんふんと相槌《あいづち》は打つ。

「昔の知り合いに誘われて……。と言うより、どうも無理矢理引き込まれたらしいんだが」

ほうほう。

このチーズバーガー、あんまりおいしくないね。

「グループに引き込まれたらしいんだ」

「何の？」

最近小佐内さんに引きまわされて、これでも舌が肥えたのかもしれない。前はハンバーガーのうまいまずいなんて気にしたこともなかったのに。

健吾は少し間を置いて、ほとんど起伏のない声で続けた。

「薬物乱用」

……へえ。

思ったより大事じゃないか。

「その引き込まれた子の妹に頼まれてな。何とか縁を切らせる方法はないかって言うんだが、何の情報もないんではつらくてな。新聞部の連中にも応援を頼んで、グループの概要だけでも調べようとしてるところだ」

「薬物って……。合法の？　違法の？」

「中学生の頃から手を出してたやつが中心になってるらしい。前は風邪薬の一気飲みとか睡眠薬とかで遊んでたらしいが……。いまは、どうかな。そんなもんで済んでいればいいんだが。その辺も含めて調べてる」

それで外ばかり見ているのか。大方、張り込みでもしているんだろう。高校生の身空で、ご苦労なことだ。

しかし健吾はちらりとぼくに目をやると、小さく笑った。

「何だ、常悟朗。興味がありそうじゃないか」

「いや、そんなに」

「そうか？」

小市民はそういう荒事には近づかないものだ。興味なんかない。全然。健吾の指摘は的外れだ。そっぽを向いてチーズバーガーをもう一口。

ただ……、どこかで聞いた話だな、とは思っていた。いまどき合法ドラッグの一つや二つ珍しくも何ともない、という一般論的意味でどこかで聞いたというんじゃない。ぼくがまだ中学生だった頃、同級生の中にその手のグループがあったのだ。女子ばかり数人のグループだったと思うけれど、彼女たちは結局、中学三年の春に補導された。もしかしたら、健吾が調べているのは彼女たちだろうか？

そのグループのことを言おうか、ぼくは迷った。確かにぼくはもう小賢《こざか》しいことを言うのはやめると誓っているし、健吾に「ほらやっぱり三つ子の魂は百までだ」と得意げな顔をされるのも業腹《ごうはら》だ。しかし、何も知っていることまで隠さなくても。

それとも、このぐらいのことはもう健吾も知っているだろうか？　健吾の中学校はぼくとは違うけれど、この話はぼくの通った鷹羽《たかば》中学出身の生徒であれば大抵知っている。健吾の人脈の広さなら、鷹羽中学出身の友人の一人や二人はいるだろう。

悩む間に話を引き延ばそうと、ぼくはつい質問していた。

「で、縁を切らせるって言うけど、何か考えがあるの？」

健吾の眉根に皺《しわ》が寄る。

「グループの溜まり場を見つけ出して」

「見つけ出して」

「木刀持って殴りこみ」

わあ、すごいや。

そして健吾はコーヒーを啜り、チキンナゲットを一つ口に放り呑み込んで、

「冗談だから突っ込んでくれ」

「あ、冗談だったの」

やりかねないと思っていたんだけど。さすがに健吾も分別は身についているといったところか。

「川俣《かわまた》本人の意思がわからないからな。かすみの言う通り無理矢理引き込まれたのか、それとも本当は自分で望んで加わってるのか。まあどっちにしても、抜けられるよう考えてはみるんだが」

なるほど、グループに参加しているのは川俣という船戸《ふなど》高校二年生で、妹さんの名前はかすみというのか。ついさっき「言えない」と言った名前をこうもあっさり漏《も》らしておいて、健吾はそれに気づきもしない。いいね、この大雑把さが堂島健吾だ。ついでに言うと、川俣かすみさんと健吾との関係もおおよそわかるってものだ。

ぼくはチーズバーガーをほとんど食べ終えた。健吾との久々の会話はなかなか面白かったけ

れど、これ以上聞いているとまた妙なことにもなりかねない。最後に、やっぱり鷹羽中学で起きた事件のことは話しておこうと決めて、

「ところで健吾」

と言いかけたところで健吾が突然立ち上がった。

「動いた」

「え、どこ？」

駅前はごったがえすというほどではないけれど、それなりに人の姿はある。健吾が駅前のどこを見て動きがあったと言ったのか、ぼくにはわからなかった。

「くそっ、二手に……」

どこだろう。健吾の視線の先を追ってみるけれど、これ見よがしに怪しい動きをしている若者はいない。健吾は突然、ポケットからメモ帳とサインペンを取り出した。白紙のメモ帳を一枚破ると、サインペンを走らせる。ぼくはといえば、もしかしたら鷹羽中学で見覚えのある女子がいるんじゃないかと駅前に向かって目を皿のようにしていた。

ペンを走らせながら、健吾が鋭く言った。

「常悟朗、すまんが頼まれてくれ。もう少しここにいて、怪しい動きがないか見ていてくれ。お前の時間がある限りでいいから」

「あ、うん。まあ」

生返事をするぼくの視界の隅に、ある顔が引っかかった。化粧していて、おまけに私服ではよくわからないけれど、あれはもしかしたら例の女子じゃないか？　いや、違うな。

「……に連絡してくれ。じゃあな」

慌《あわただ》しく、健吾は店を出て行く。一方のぼくは当たりをつけた女子を見ていたけれど、どうにも確信が持てないままでいた。ぼくの視力はさほど優れていないのだ。

健吾は早足に通りを曲がって、既にぼくの位置からは見えなくなった。あんまり深追いしないといいんだけど。健吾はそりゃあいいガタイをしているけれど、ぼくの知る限り別に百戦錬磨でも万夫不当《ばんぷふとう》でもないんだし。

小さく肩をすくめ、そしてぼくは健吾の残したメモを見る。連絡してくれ、といって健吾が残したメモ。

ぼくはそれを取り上げ、しげしげと眺め、裏返して、それから太陽に透《す》かし、最後にぽかんと口を開けた。

「……何だこりゃ」

そこにはこう書かれていた。

『半』

3

『半』と言われても、とぼくが恐らく間抜け面をしていたのも一瞬。健吾が立ち去るや否や、ぼくのケータイにメールが届いた。差出人は小佐内さん。文面は、

『もしもし、わたし小佐内』

そりゃわかってるよ、と思ったら、立て続けにもう一通届いた。

『いま、あなたの後ろにいるの』

メ、メリーさん？　ぼくは窓際のカウンターに座っているので、背後の風景も少し反射して見える。そこには、小佐内さんらしき姿は見えないけれど……。

代わりに、ところどころがほつれた袖なしジャケット、それともベストかな、とにかく年季の入ったレザー素材のその手のものを着ているロッカー風の人が立っていた。さっきレゲエさんと一緒に敬遠したお相手だ。レザーハットをかぶっている。手に持っているのは……、シェイクの紙カップ。

ぼくもまだまだ小佐内さんのことをわかっていない。帽子をかぶった小柄な人間を見たら小佐内さんと思え。これは原則だ。ガラスに反射したロッカーさんはおもむろに帽子を取り、ぼくと視線を合わせると控えめに笑った。肩口で切りそろえたボブカット、細い目に細い唇。小佐内ゆきだ。

ぼくは後ろを振り向かず、ガラスの中の小佐内さんに微笑《ほほえ》みかける。

「珍無類の格好だね」

背後から訊かれる。

「似合わない？」

いや、どちらかというと、意外なことに、

「似合ってるかも」

「……それもちょっと複雑な心境。大丈夫、お店に行くときは着替えるから」

小佐内さんはぼくの二つ隣の席、つまりさっきまで健吾がいた席を見て、

「このトレイ、片づけちゃっていいの？」

と訊いた。見るとまだフライドポテトが少し残っているようだけれど、

「いいんじゃない」

「じゃ」

手早くトレイを返却口に戻すと、小佐内さんはぼくの隣に腰掛けた。手に持ったシェイクをカウンターに置いて、

「〈ベリーベリー〉のことだって、わかってくれたんだね」

そう控えめに笑う。そういえば〈ベリーベリー〉の指定は、ちょっとしたなぞなぞになっていたんだった。

「あのぐらいなら、まあ、ね」

「うん。小鳩くんならきっとわかると思ってた」

小佐内さんははにかむような表情を見せる。喜んでいる、のかな？　あまり見たことのない顔だ。

「堂島くんとは、何を話していたの？」

「あ、うん。ドラッググループの話。中学のとき、あったでしょ。ああいうのがまたあって、健吾の彼女のお姉さんが引っ張り込まれたんだって」

ロックな小佐内さんは、興味がありそうな素振《そぶ》りも見せなかった。

「ああ、石和《いさわ》馳美《はせみ》さんの」

「いさわ？　補導された子？」

「そう」

「よく知ってるね」

柔和に笑って、

「小鳩くんは男の子、わたし女の子。女の子の情報は女の子」

蛇《じゃ》の道は蛇《へび》、ということかな。

「じゃあ、女の子の情報に詳しい小佐内さんとしては、どうかな。いま高校生の間で新しくドラッググループができてるとして、その石和さんが絡んでると思う？」

しかし小佐内さんは困ったように眉を寄せて、窓の外をぼんやり眺めるとシェイクを音も立てずに啜り上げた。

……やたらと長い間啜り続けるものだから、酸欠が心配になってくる。

「小佐内さん……。それ、おいしいの？」

ようやくストローからくちびるを離すと小佐内さんはあごを上げ、シェイクを見下ろした。

「これが？　おいしいかって訊くの？」

そして、馬鹿馬鹿しいと言わんばかりにかぶりを振る。言うに及ばず、ってことか。まずくはないんだろうけれど、小佐内さんを満足させるのはなかなか大変なのだ。

おもむろに、呟くような答えが返ってきた。

「石和さんは保護観察処分だったけど……。別に悪いことしたとは思ってないと思う。でも、この街にそういうグループが石和さんのだけしかないとは限らない、って言うより他にも絶対あると思う。だから、わかんない」

「そっか」

「ところで、それなあに？」

小佐内さんはぼくの手の中のメモを指さした。ぼくはそのまま読み上げる。

『平』

「……？」

「ここでもうしばらく時間を潰《つぶ》して、もし何か怪しい動きがあったら、ここに連絡してほしいって」

なぜだか小佐内さんは妙に恐る恐る、

「ええと……。堂島くんと小鳩くんの、二人だけの秘密の通信？」

ぼくは笑ってかぶりを振る。

「いや、何が何だかわからない」

そう。何が何だかわからないのだ。健吾が残した、このメモは。

ぼくはメモを凝視《ぎょうし》する。

メモはポケットサイズのメモ帳から破り取られた紙片で、表に薄く罫線《けいせん》が入っていて、裏は無地だ。『半』の文字は表に書かれているが、特に罫線に沿って書かれたといったことはない。乱雑に書きつけたといったふうだが、尾行のため急いで店を出て行く直前に走り書きしたものなのだから多少乱れているのは不思議ではない。『半』は、メモ用紙の中央に書かれてはいなかった。右端にほぼくっつくような形で書かれている。それが意図的なものなのかどうかは、わからない。

小佐内さんは、きっとお味がお気に召さないのだろう、苦々しい顔でストローをくわえながら外を見ている。そして不意に口を離し、

「『半』のつく場所とか、人とか、番号とかに心当たりはないの？」

と訊いてきた。ぼくはメモから顔も上げずに、思いつくままを喋《しゃべ》った。

「『半』。この街に、半沢町って地名があったね。でも町内名を挙げられても広すぎるし、健吾とその辺に行ったことはない。

名前か。半村良《はんむらりょう》ぐらいしか浮かばないな。あ、いや、同じ苗字のやつがいたよ。半村。けどあれは中学時代の同級生だ。健吾とは接点がないし、そもそもぼくだって話したこともなかった。

番号。『半』ってことは、半分か。ハーフ。フィフティ。フィフティ・フィフティ。五〇五〇？」

ぼくは失笑する。

「まさかね。だったら、五〇五〇って書けばいい。大体、これだけじゃ電話番号にもならない」

メモ用紙をつまみ、小佐内さんに向かってひらひらと振る。

「そうじゃないんだよ。方向性が違う。健吾は急いでいたんだ。だからこんな風に書いた。簡略化するために。確かに、簡略化しすぎてわかりにくくなるってことはあるよ。だけど健吾には、時間がなさすぎるわけでもなかったはずだ。こう書けばぼくには確実にわかる。そう思ったから、こう書いたんだ」

しかし小佐内さんは、この見解に賛成してくれなかった。

「それは、わかんないよ。堂島くんの頭の中では、何かすっごい閃《ひらめ》きがあったのかも」

シェイクをもうひと啜りして、お気に召さない味にやっぱり顔をしかめながら、

「比類のない神々《こうごう》しいような瞬間、人間の頭の飛躍には限界がなくなるんだって」

「へえ……」

「死の直前の」

「と、倒置法？　しかも死んじゃうの？　健吾が？」

小佐内さんは視線をちらりとぼくに送って、少し俯《うつむ》いた。

「小鳩くん、楽しそう……」

しまった、と背すじが寒くなった。そうだ、ぼくはいま、健吾が残した何が何だかわからないメモを、読み解こうとしていた。それは、探偵的行為に他ならない。ぼくは小市民だ。小市

民は意味不明のメモを見て、その真意を探ろうとしたりはしないのだ。

ぼくは小佐内さんに頭を下げた。

「そうだね、ごめん。ぼくはもちろん、こうするべきだったんだ」

メモ用紙を睨《にら》む代わりに、ぼくはケータイを取り出す。このメモの意味が不明だと言うなら、本人に訊けばいい。簡単なことだ。電話してこう訊くんだ。「健吾、さっきのメモだけどね、ぼくにはよく意味がわからないんだ。よかったら、読み方を教えてくれないかな」。

健吾のケータイに電話する。一コール。二コール。

「出ないね」

電話を切る。

「小鳩くん……。切るの早い……」

そんなことはないと思うよ。

それにしても残念だ。健吾が電話に出ない以上、このメモは自分で解かなければならない。健吾は一人の女子生徒を助けるために活動している。そしてぼくに、助けを求めたのだ。それに応じるのは責任ある人間としてごく当然の行動であり、小市民としても、恥じることではない。

4

小佐内さんの目が何となく冷たいのを感じながら、ぼくは再びメモを見る。誰かから電話がかかってきたけれど、いま忙しいので保留する。

「いまの、堂島くんから……」

何か小佐内さんが呟いたような気がするけど。

「だから第一に考えるべきは、『半』から一目瞭然に類推される何かをぼくが知っているかどうかなんだ。健吾は知っているだろう。そして、健吾はぼくに宛《あ》ててこのメモを残したんだから、ぼくもそれを知っていることを前提にしたはずだ。どんなに慌てていても、自分しか知らないことをメッセージにするような間の抜けたことは、いくらそれがあの堂島健吾でも、さすがにしないだろう、とぼくは信じたい」

「小鳩くんって、基本的に堂島くんに対してはひどいよね」

茶々を入れないで欲しいな。これは健吾の信義に応えるためなんだから。

度忘れということがある。健吾は、ぼくなら当然『半』といえばこうだとわかると思っていたし、実際わかるべきなんだけど、単にいまちょっと出てこないだけかもしれない。半。半ドン。丁半博打《ちょうはんばくち》。半旗。

しかし……。ぴんとこない。ぴんとこないようなことなら、口で言ってくれればよかったんだ。

と考えて、ふと閃いた。

「……どうして健吾は、口で言わなかったんだろう」

もう諦めた、とでもいうように浅く溜息をついて、小佐内さんが説を述べる。

「メモするのは、口で言っても忘れちゃうこと。たとえば電話番号は一度には暗記できないから、メモするよね」

「そうだね。約束の日時なんかもメモする。これはその場では憶えているけど、先の話で忘れる可能性があるからメモするんだ」

「堂島くんは、何て言ってこれを残したの？」

ええと、どうだったかな。

記憶を掘り返してみて、ぼくは自分がそこをはっきりと思い出せないことに気がついた。健吾は外を見ていて、「動いた」と言って、ぼくにしばらく張り込みを続けてくれるよう頼み、それから……。

「連絡してくれ、頼む、とか」

「じゃあ、『半』はやっぱり連絡先を指してるの？」

ぼくは腕組みした。

「……いや、よくわからない。外を見てて、あんまり聞いてなかったんだ。もし『半』に連絡してくれ、だったら……」

小佐内さんは腕時計を見た。凝《こ》ったことに、黒い革ベルトの、いかにもそのレザーベストに似合った腕時計だった。

「いまが三時。三時半に連絡してくれ、ってことかも」

「本当にそう思う？」

小佐内さんはかぶりを振った。

「そんなだったら、三時半に頼むって言えばいいんだし」

その通り。つまりこの『半』の本質は、

「口頭では言い尽くせないほど大量の、あるいは憶えきれないほどの情報がこの一字に含まれているところにある。……ぼくが思うに、このメッセージを解く鍵はそこにある」

『半』は『半』だ。一文字だ。二バイトだ。受け取る側のぼくに心当たりがない以上、そこに含まれる情報量はとても「言い尽くせないほど」とは思えない。

となると、

「これは『半』じゃない。『半』の形をしているだけだ」

また小佐内さんが苦い顔をしている。シェイクを啜ったのだ。見ていられず、ぼくは言った。

「おいしくないなら残したら、それ」

「……小鳩くん、抜群のアイディア」

そうかな?

シェイクの紙カップを腕の届く限り遠くまで押しやって、小佐内さんはメモに目を落とす。

「『半』じゃないなら、『羊』」

「字面《じづら》が似てるだけじゃないか、それ」

「じゃあ『坐』」

「似ても似つかないよ」

漢字では、結局「言い尽くせないほど」の情報量にはならない。なんでも中国には一字で「きょろきょろ見まわす」という意味になったりする漢字があるというけれど、『半』にそんな意味があるとは思われない。

「他には、カタカナの『キ』にアルファベットの『V』を足したものに見える」

「だから?」

「いや……。それだけだけどね……」

もう好きにすれば、とばかりに小佐内さんは前を向いて遠い目をしている。

小佐内さんはわかっていないのだ。これは、健吾が残したメモ。健吾が残したメモなら、そんなに複雑な解法であるはずがない。当然そうあるべきこととして、読めるはずなんだ。

もう一度、メモを見る。

「……？　ここは」

いままで、筆の勢いが余っただけと思っていたけれど。

「ちょっとおかしいな」

ぼくは、小佐内さんがもうこちらを見ていないにもかかわらず、『半』に見えるものを指さした。正しくは、その上部を。

「一画目と二画目が、ちょっとずれている」

『半』ならば一画目と二画目、つまりテンと左ハライは、縦棒に接するか、あるいは縦棒のそれぞれ右と左に書かれなければならない。それが、健吾のメモでは左ハライが縦棒を突き抜け、テンの書き終わりに接している。

これは、ちょっと字として気持ちが悪い。もちろん、筆の勢いとしてないわけじゃないだろうけど……。

そう考えると、二本の横線もちょっと妙だ。『半』なら、下の横棒の方が長くなくてはならない。健吾のメモでは、二本はほぼ同じ……、いや、下の横棒の方が短くさえ見える。

「縦棒を突き抜ける左ハライ、下の方が短い横棒……」

ぼくは指で、カウンターに字を書いた。健吾のメモの、『半』に見えるものをなぞろうとして。しかしどうも上手くいかない。下の横棒を短くすることはできる。しかし、一画目と二画目を、健吾が書いたように書くことができないのだ。これは、本当にテンと左ハライなのか？違う。

ぼくはようやく気づいた。どうしてこんなに手間取ってしまったのだろうか。これは、もちろん、『半』などではない。

「わかった」

遠くを見ていた小佐内さんの目の焦点が戻ってくる。

「え？」

ぼくはカウンターに、『キ』の字を書いた。そして、その上部にチェックマークを入れる。V字形の。

「一文字じゃ、伝えられる情報量は口頭のそれを大きく超えることはできない。だけど、図なら話は違う。

これは地図だ。十字路が二つ、その二つ目の交差点にチェックをつけたんだ。健吾は、ここに連絡してくれと言ったんじゃない。ここにいる人に連絡してくれと言ったんだ」

間の抜けた話だ。最初に『半』と思い込んだから、『半』ではないかもしれないとは思えても、なかなか「字」という固定観念から出られなかった。

しかし、小佐内さんの表情は晴れない。

「……地図。そうかもしれないけど……。どこの？」

……あれ？

十字路が二つ、その二つ目の交差点に、恐らく健吾と連絡を取り合っている人物が待機しているのだろう。川俣かすみか、それとも健吾に協力している新聞部員か。

ちなみに、この木良市市街地中心部は、基本的に碁盤の目状に道が走っている。つまりどこもかしこも十字路だらけだ。

そして、「いま目の前に見えている道をまっすぐ行くと十字路があって」というわけにもいかない。目の前にあるのは駅前のロータリー、つまり道路は行き止まりなのだから。

「あー。間違えたかな」

小佐内さんはぼくの手から健吾のメモを取り上げる。

「……ううん、地図だと思う。『半』って言われたときは変な字だなって思ったけど、チェックマークを入れた十字路って言われると、ペンが確かにそう動いてるのがわかるの」

健吾のメモは筆圧が強く、しかも線の終わりはぴたりとペンが止まっていて、どうペンを動かしたのかぼくにはうまく想像できなかった。しかし小佐内さんがペンはそう動いたと言うのだったら、確かにそうなのだろう。

となると、

「地図の基点があるはずだ」

「『半』に？」

「この地図に、だよ」

しかし、最初に精査した通り、このメモ用紙には『半』以外のものは何も書かれていないし、裏面も白いままだ。それ以外の特徴といえば、破り取った跡が上部に残っていることと、『半』が用紙の右端に寄って書かれていること。

上部に跡が残っていることから、この『半』の上下がわかる。見た通り、チェックマークのついた側が上になるのだ。大体逆さまにしたら、チェックマークが『へ』の字になってしまう。そんなマークをつけるやつはいない。

「小鳩くん……」

と、どこか諭《さと》すように小佐内さんが言う。

「わたし、思うの」

「何を」

小佐内さんは、ぼくの目を覗き込むようにした。基本的に視線を合わせられると自分から外す小佐内さんには、珍しいことだ。

「『半』が地図だってことを見抜くのは、多分そんなに難しいことじゃないの。字じゃなければ図だっていうのは、遅かれ早かれ気づくこと。小鳩くんは多分、堂島くんが書いたものだからすぐわかるって考えちゃったから、発想の転換に手間取ったの」

耳が痛い。多分その通りだ。

「だから、どうすればこの地図を地図として読めるのか、そこにこそ堂島くんの発想の本質があるって思うの……」

まあ……、確かにね。

健吾が残した地図ぐらい読めないようでは、ぼくもさすがに悔しい。しかし小佐内さんの言う通りだ、健吾が書いたものだからと舐めてかかるからまずいのだ。

「わかったよ。ちょっと、静かにしててね」

わからないものを解くときに、集中してはいけない。これはぼくの経験則だ。もちろん、何が問題であるかを把握するためには集中しなければならない。じっと思考を細くして、焦点を絞っていく。しかし、いよいよ詰めの段階に入ったら、今度は集中を解かなければならない。もちろん、緊張の糸は切ってはならない。緊張感は保つけれど、思考は拡散させるのだ。それはあたかも、闇の中でものを見るかのようだ。人間の目は中央部分は闇に弱い。だから暗闇でものを見るときは周辺視の技術を使う。事の真意をつかむには、思考を散らすのだ。コアを包み込む全体像こそが、真に見るべきものなのだ。

ふうっと、思考が拡散していく。集中しすぎて凝り固まった視点が、分散していく。懐かしい心地よさ。長い間使わずにいた思考方法……。

地図には基点が必要だ。そして、健吾は、あの状況でこれを書き、ぼくに当然理解されるものとして渡してきた。

いや、渡したんじゃない。

記憶の中の風景では、健吾はメモを、ぼくに手渡しはしなかった。

ぼくが、それを勝手に取り上げたんだ。

そうだ。メモは、置かれていた。

「……そうか。道理で、読めないはずだ……」

知らず、ぼくは呟いていた。

「こうだ」

手を動かす。

焦点を失った視界の隅で、小佐内さんが、笑った気がした。

5

小佐内さんは、店を出る前にトイレに入った。手にスポーツバッグを提《さ》げて。

出てきた小佐内さんは、ぼろのレザーベストを脱いで、デニム地のベストに着替えていた。下のショートジーンズもインナーのシャツも替えていないけれど、ベストが替わっただけで怪しげなロッカーの雰囲気は消えていた。髪留めで前髪を左右非対称に上げている。小佐内ゆき、スポーティーアレンジ。これなら、一緒に街を歩いても恥ずかしくない。それにしても小佐内さんは衣装持ちだ。黒装束なんかも持ってやしないだろうか。

そしてぼくたちは三夜通りを歩く。駅とは反対の方向へ、まっすぐに。繁華街から少し外れた三夜通りは、やっぱり少し活気がない。まだシャッターストリートというほどでもないけれど。スポーツ用品店の隣に小さな神社、その隣に〈むらまつや〉。小佐内さんに、ここのりんごあめがスイーツセレクションのランキングに入ってなかったかと訊いたら、顔をほころばせて頷いてきた。

書店、交番ときて、三夜通りはここまで。道はまだ続くけど、ここからは通りの名前が違う。

ぼくはポケットから地図を出す。二枚。

一枚は、健吾が残したメモ。もう一枚は、ハンバーガーショップのトレイに敷かれていた、「三夜通りまつり」のチラシ。ぼくはチラシとメモの二枚を重ねた。

健吾はもちろん、ぼくを相手に知恵試しを挑んだわけではない。健吾はそんなことはしない。一目瞭然の地図を描いたのだ。いざ店を出て行こうというとき、彼の目の前のトレイの底には、チラシに印刷された三夜通りの地図があった。健吾はメモ用紙を一枚破り、その地図の続きを書いたのだ。チラシの地図の、ほんの少し先に相棒がいるとぼくに知らせるために。

それは、ごく自然な行動だっただろう。

しかし、ぼくが健吾の話をよく聞いていなかったのと、健吾が全く確認をしなかったのとで、ぼくはすぐにそのメモ用紙を取り上げてしまった。チラシから引き離されて、それで地図は『半』になってしまった。

『半』の字の下の横棒が、三夜通りを直進する道の続きを示している。『半』は、メモ用紙の右端にぴたりとくっついて書かれていた。だから、このメモはチラシの左端に合わせる。チラシに書かれた三夜通りを抜けて、最初の交差点を右に曲がる。次の交差点に、チェックマークが付けられている。そこが目的地だ。

チェックマークの入った交差点に来た。ガソリンスタンド。そして、喫茶店がある。〈チャコ〉という名の、小さな喫茶店だった。ステンドグラスを押すと、ぎしりと軋《きし》む。恰幅《かっぷく》のいい女性がカウンターの内側から笑いかけてくる。

「いらっしゃいませ」

小佐内さんはどこかに隠れてしまった。ぼくは手を振って、

「すみません、客じゃないんです。堂島健吾に頼まれて来たんですが」

観葉植物で見えなかったボックス席から、声が上がった。

「堂島先輩、何かあったんですか?」

薄いピンクのシャツとデニムパンツの女の子。髪はショートカット気味で、少しだけ染めている。顔つきはおとなしそうで、体の線は細かった。これが川俣かすみか、それとも新聞部員か。まあ、どっちでもいい。ここに健吾の相棒がいることを確認して、ぼくの用は済んだ。

「ああ、君が。健吾は何か見つけたらしくて、後を追いかけていったよ」

「そうですか。で、いまは」

「いや、知らない。とりあえずそれだけ。じゃあ、頑張って」

何の意味もない台詞《せりふ》を残して、ぼくは〈チャコ〉を出る。

それ以上、何を言いようがあるだろう。ぼくは健吾に怪しい動きがあれば連絡をと言われたけれど、誰を見張ればいいのかさえ知らなかったのだから。

まあ、下ばかり向いてたってことも、あるけどね。

どうやら、約束の三時半には〈ベリーベリー〉に行くことができそうだ。いま来た三夜通りを戻っていく。

小佐内さんは、ぼくの少し後ろからついてくる。

「やっぱり、解いちゃったね」

ぼくは背中を向けたままで、

「うん……。まあね」

「そういうことしないって、言ったのに」

頬をかく。

「そうなんだけど。

でも、どうかな、誰に見せつけたわけでなし。ぼくとしては今回の一件は、小市民道に照らしてもありだったと思うんだけど。あのシチュエーションなら、誰でもメモの謎を解こうとしたよ。ぼくはただ、それを実際に解いちゃっただけなんだ」

ぼくと小佐内さんは、お互いに庇《かば》いあう約束をしている。そして同時に、どちらかが小市民にあるまじき振る舞いに及ぼうとしたら、それを止める約束も。

ぼくの言い分に、理がないとは言わない。けれど、小佐内さんは当然、約束に基づいてぼくを咎《とが》めるだろう。これまでそうだったように。

しかし。

「……」

「ん？　小佐内さん？」

……沈黙に振り返ると、小佐内さんはほんの少し、苦笑いのようにくちびるを上げていた。

「うん。そうだね」

その一言にぼくは笑顔で応じる。

そして疑問を膨《ふく》らませる。

どうもおかしいと、思っていた。健吾が残したメモ、それを読み解こうとしたぼくを、小佐内さんは止めるどころか、焚《た》きつけてはいなかったか？

そして瞼《まぶた》に残るあの笑顔。ぼくがいよいよ、真意に辿り着いたときに、小佐内さんは笑った。

ぼくは小佐内さんのことを多少なりとも知っていると思っていた。小佐内さんの考え方や行動パターンを、ある程度把握していると思っていた。

しかし、どうやら何か違ってきているらしい。ぼくのこれまでの理解の範囲では、全く解釈の施《ほどこ》しようがない。

どうして彼女は、ぼくが謎を解いた瞬間に、あんなに嬉しそうだったのだろう？

背後で、小佐内さんが言う。弾《はず》むような声で。

「ねえ、小鳩くん。今日のフローズンすいかヨーグルトは、わたしがご馳走してあげるね！」

第三章　激辛大盛

エアコンのよく効いたリビングで、ソファーに寝そべって文庫本を読んでいた。短パンにランニングシャツというだらしない格好なのは、自分の家なのだから別にいいだろう。家にはぼくの他に誰もいない。暑ければトランクス一枚でも文句は出ないだろうけど、まあ、それはさすがに。

この夏休みは小佐内《おさない》さんに随分と引っ張りまわされているけれど、今日は予定なし。甘いものめぐりは極めてハイペースに行われ、夏休みはようやく半分を過ぎた程度なのにすでに上位三店を残すだけとなっている。この間の第五位「スペシャルサンデー」は大変だった。バイパス沿いの道の駅のフードコーナーでおいしいのを出すと言われて引っ張り出されたけれど、これがちょっとげんなりするほど遠かった。普段なら自転車で行くような距離じゃない。日の長い夏だというのに、三時のおやつに出かけて、帰ってきた頃には日が暮れかけていた。今日はゆっくりとさせてもらおう。

いま読んでいるこの本、まったく期待していなかったのだけれど、朝食の後に開いてからぺージを繰《く》る手が止まらない。どこにも凄みがあるわけではないのだけれど、微妙な引っ掛かりが次の展開を否応《いやおう》なしに期待させ、でしゃばらない文章が何とも心地よくて昼も食べずに読み続けている。一読巻措《かんお》く能《あた》わざるとはこういうことか。お話はいよいよクライマックス、伏線は周到に張られているだろうなと当たりはつくけれど、どれが伏線なのかはわからない。はたして主人公君の運命やいかに、続きは終章のお楽しみ、というところで邪魔が入った。

電話だ。ケータイは自分の部屋に置きっぱなしだったけれど、固定電話が鳴っている。ええい邪魔をしおって、下らない勧誘か何かだったらどうするか見てろ、呪ってやる。しぶしぶソファーから下りて、受話器を取った。

「はい」

「小鳩《こばと》君のお宅ですか。堂島《どうじま》といいます」

……ああ、もう、電話なんて年に一度かけてくるか来ないかなのにそれが最終章の前だとは、本当にタイミングの悪い男だな！　ぼくの声は抑えようもなく不機嫌なものになる。

「健吾《けんご》か。何？　用があるならメールでもよこしてくれればいいのに」

しかしそこはさすがに堂島健吾。ぼくがどれほど常に似ないぶっきら棒な言い方をしたとしても、そんなことは意にも介さない。

「お前な、電話したけど出なかったぞ」

「知らないよ。いつもケータイを手元に置いてるわけじゃない」

「何かしてたか」

「没入してた」

「……何だって？」

ぼくは溜息をつく。気分が壊れてしまった。最終章は後まわし、邪魔が入らない夜中にでもゆっくり読むことにしよう。

「何でもいいだろ。で、用件は？」

余程のことだろう、と思っていた。どう過大に見積もっても親友とはいえないぼくに、しかもわざわざ固定電話の番号に電話してきたからにはさぞや重大な用なのだろう、と。前にハンバーガーショップで見張りを頼まれてから、ぼくは事後報告をしていなかった。その辺の話だろうか。

「昼飯は食ったか」

「……まだだけど」

「そうか。タンメンを食いに行くから付き合え」

……何だって？

昼飯のお誘い。ははは、またまたご冗談を。

ぼくは咳払いする。嚙んで含めるように、

「わかった、なるほど、面白いね。で、何の用？」

受話器の向こうから、憤然《ふんぜん》とした声が聞こえてくる。

「冗談じゃない。まあ、詳しいことは来たら話す。奢《おご》ってやるぞ」

「……タンメンねえ……」

「常悟朗、お前、まさか真夏にラーメンは食えないなんぞと抜かすんじゃなかろうな？　汗拭きタオル持ってこいよ。店は暑いぞ」

　小佐内さんの甘いものめぐりもなかなか大変だけれど、まあスマートではあった。こう、洒落たテーブルを挟んで「おいしいね」「うん、おいしいね」とね。それがむくつけき大男とタオル準備で夏の真っ昼間にタンメンとは、随分な落差じゃないか。嬉しくって泣けてくるよ。

「行ったら話すってことは、何か話があるんだろ。電話で聞くよ」

　今日も暑そうだし、店も暑いんじゃあ、ねえ。

　ところが、健吾はおかしなことを言った。

「いいから来いよ。泣き言を聞かせてやる」

　泣き言、ね。

　泣き言を聞かせてやるという言い方が何とも健吾らしくて、ぼくは笑いそうになる。同じ愚痴を言うにしても、これは泣き言だぞと最初に断る辺りが潔《いさぎよ》いというか馬鹿っぽいというか。ぼくはその健吾らしさに敬意を表することにした。

「わかった、行くよ。店は？」

「〈金竜〉。知ってるか」

知っていた。船戸《ふなど》高校そばに建つ、体育会系御用達のラーメン屋だ。ビニール張りの回転椅子がずらりと並んだ。この前は〈桜庵〉の瀟洒《しょうしゃ》な木のテーブルで、鹿《しし》おどしの音色《ねいろ》を聞きながら和風アイスクリームだったのに。

「三十分ほどで行くよ」

と言って電話を切る。

小佐内さんはともかく、健吾からまでご指名がかかるとはこの夏休みはなかなかモテるじゃないか。まあ、男のぼくとしてはケーキよりはタンメンの方が普通である、つまり小市民的であるとも言えるだろう。ただ健吾と一緒じゃ、ラーメン屋のカウンターで文庫本の続きというわけには、いかないだろうな。


年季が入り、ついでに壁にひびまで入ったおんぼろの建物に、黄色い電球で縁取《ふちど》られた〈金竜〉の看板。思う存分エアコンの設定温度を下げたリビングに比べるとまるで灼熱地獄のような炎天下に自転車を走らせ、ぼくは店の前までやって来た。健吾のご忠告を素直に聞いて、ただやっぱりタオルをそのまま持ってくるのはあんまりなのでポケットタオルを持ってきている。

健吾は店のドアの脇に、腕組みをして仁王立ちしていた。白と青のラガーシャツにカーキ色のパンツ。ラガーシャツというか、健吾が着ると本当にラガーマンみたいだ。口をへの字にして、自転車を停めるぼくを睨《にら》んでいる。

「来たか」

「どうも、ご馳走になるよ」

「折角だ、たらふく食っていけ。……行くぞ」

重々しく言うと腕組みを解き、健吾はドアを押す。途端、

「らっしゃいっ！」

と掛け声が響いた。厨房の中には白い調理服に身を押し込めた、健吾よりひとまわり大きな髭面《ひげづら》の男。男の威勢に負けじと、健吾も声を張り上げる。

「タンメン、激辛大盛二丁！」

「はいよ、タンメン激辛大盛二丁！」

え、激辛って。

「ちょ、健吾、ぼくは激辛は」

背中をばしんと叩かれた。

「心配するな。舌が死ぬほどは辛くない」

「健吾はそうでも、ぼくはどうかな」

「死にはせんよ」

そりゃあ、まあ、そうだろうけどさ。ポケットタオルで足りるかな。カウンターの奥ではぼ

くの身長ほどもある空調機が唸《うな》りを上げていて、健吾が言ったように店の中まで暑いということはないけれど。

昼食にはもう遅い時刻なので、店には誰もいなかった。回転椅子に腰掛ける。

電話の時点で不審に思っていたけれど、直接会ってはっきりわかった。今日の健吾はちょっとおかしい。健吾は大雑把で空気の読めない鈍物で、基本的には仏頂面の無骨な男だ。ところが、人の都合も聞かずにぼくを引っ張り出してきたところは健吾らしいものの、今日の健吾はテンションが高い。上機嫌というよりも、むしろどこかやけくそ気味だ。まあ、だからこそ泣き言を聞かせるなんて言い出したのだろうけど。

おしぼりでごしごしと手を拭くと、健吾は四角い顔に僅かに笑みを浮かべた。なんだか健吾に似合わない、皮肉な感じの笑みだ。

「悪かったな、急に呼び出して」

「まあね」

「何もしてなかったんだろう?」

「どうしてそう思うのさ。これでもこの夏休み、結構忙しいんだよ」

健吾は眉を寄せた。

「忙しい? 本当に忙しかったのか?」

「いや……。今日は予定がないけどね。小佐内さんがぼくを連れ出すんだよ。今日はパフェ、明日はサンデーってね」

あれ？　その二つはどう違ったっけ。

「小佐内が？」

にやりとして、

「仲が良くて結構なこった」

仲が良い、と言うか、ぼくと小佐内さんの関係性に照らせば、これほどお誘いがかかるというのは明らかにおかしな事態なのだ。しかしその辺の機微を健吾に伝えるのは面倒だし、何よりこの夏休みはそうしたことが重なりすぎていてぼくも大分麻痺してきている。ぼくは肩をすくめて返事に代えた。

「で？　話を聞こうじゃないか」

「まあ、なんだ。いろいろ思うに、泣き言を聞かせるにはお前が二番目に適してる」

「二番目？　一番は」

「穴掘って叫んで埋めとくのが一番だな」

だけどそれでは、穴の上に葦《あし》が生えると風が吹くたびに泣き言が流れ出てしまう。健吾が言うほどいい方法とは思えない。だけど二番目がぼくとは解《げ》せない話だ。

「彼女に聞いてもらったらいいじゃないか。ええと……、川俣《かわまた》さんとか言ったかな」

健吾の表情が強張《こわば》った。照れたのかなと思ったけれど、どうやら違った。自嘲《じちょう》するように、

「川俣は別に彼女じゃないし、何よりそいつ絡みの話でね。当事者に話してどうする」

そしていきなり顔を上げると、

「何でお前が川俣のことを知ってる?」

「何でも何も、この間、駅前のハンバーガーショップで言ってたじゃないか」

「俺が?」

「うん。その川俣さんの妹の、何ていったかな、かすみさんか。川俣かすみから頼まれて動いてるところまでは聞いた」

「そんなところまで言ったか……?」

首をかしげている。まあ、かなり無意識にぽろりとこぼしたような感じだったから、ご本人が憶えていなくても無理はない。

赤いカウンターに、ぼくは肘《ひじ》をついた。厨房では店主がざるに大盛の野菜、ピーマン、にんじん、玉葱、キャベツにもやしを中華鍋にあけた。水分の爆《は》ぜる派手な音が店中に響き渡る。

「で? 名にしおう堂島健吾がたかだか娘っ子一人にどうされたって?」

「ああ」

なお釈然としない様子ながら、健吾は自分の右拳を左手で握り込むと、思い切ったようだった。

「名前を言った憶えはないんだが、タチの悪い連中と付き合ってるやつを何とか抜けさせようとしてることは話したな」

「聞いたよ」

迷うように少し沈黙してから、ぽつりと、

「追い返された」

それはそれは。

「残念だったね。でも、本人が進んでグループに参加してるんなら、まあ、仕方ないよね」

「そうだったら、俺が落ち込むと思うか?」

ぼくは少し考えた。健吾は、川俣なにがしが望んで「悪の道」に身を投じていたとして、そこから彼女を救えなかったとしたら落ち込むだろうか。

「……落ち込むと思うけど」

炒め野菜の香ばしさが立ち上り始める。店主が腕をまくって中華鍋を振っている。五徳と鍋がぶつかって、がたごと音を立てている。

健吾は苦笑した。

「お前は、俺を小学校の頃の基準で考えてるのか?」

「いや、それは全面的にぼくの台詞《せりふ》なんだけどね」

「好き好んでドラッグで遊んでるんだったら、そんなやつはほっとけよと思うさ。人に頼まれたから一肌脱ごうとは思ったがな、最初はそう実際、思ってた。それで追い返されたんなら、それ以上は俺の出る幕じゃなかったさ」

どちらかというと、ぼくは驚いた。そんな突き放し方が堂島健吾にできるとは、思っていなかったから。ご本人から不満も表明されたことだし、これは認識を改めないといけないかもしれない。

「……だがな、川俣本人も、抜けたがっていたんだよ。心からな。常悟朗、お前鷹羽《たかば》中学だったな。お前の中学で、クスリ絡みで補導されたやつが出たことは？」

「知ってるよ。健吾に教えようかと思ってたぐらいだ」

「何だ、やっぱり知ってたか」

ふん、と鼻を鳴らされた。隠してたわけじゃないんだけど、少し決まりが悪い。

店主の動きが慌《あわただ》しい。そうか、店には一人しかいないから、野菜を炒める一方で丼にスープをよそい、麵を茹《ゆ》でるのまで一人でやらなきゃいけないんだ。麵を茹ですぎるわけにはいかず野菜を炒めすぎるわけにもいかず、これはタイミングが命だね。……客が二人だから何とかなっているだろうけど、忙しい時間帯にはどうしているんだろう。気づけば壁には「急募　調理補助　優遇・条件応談」と大書された紙が貼られている。

「補導されたリーダー、石和《いさわ》っていうんだが、そいつは川俣がチクったんじゃないかとずっと疑ってたらしい。今年川俣を見つけて、相当脅しつけたそうだ。レンチをフルスイングして殴りかかってきたって言ってたよ」

レンチの大きさにもよるけど、殺意ありだね、それは。

「チクったのは結局川俣じゃなかったらしいが、川俣はそれで心底怯《おび》えて、抜けるに抜けられなくなってるんだ。俺は、そういう事情は何とか調べた。だけどなあ……」

天を仰《あお》いで、

「参ったね。説得に行ったんだが、全然信じてくれないんだ。最初は、石和に頼まれて本当に川俣が裏切ってないか調べてるんだとまで思われた。俺もいろいろ余計な世話焼いてきたが、一ミリも信じてもらえなかったのは初めてだ」

「妹さんに頼まれたんだろ？　その名前を出せばよかったじゃないか」

「もちろん出したさ。本人に証明もしてもらった。そうしたら言うことがこうだ。妹の心配はわかってた。抜けろと言うけど、じゃあ二十四時間自分を守ってくれるのか、と。石和はいかれてる、黙って抜けたりしたら、ノリだけで殺されそうだって。

そこまで怯えてるやつに、守るから大丈夫だ、なんて言えるか？　漫画じゃあるまいし、呼び笛で駆けつけるわけにもいかん。第一、そこまでする義理はない……。結局、すごすご帰ってくるしかなかったよ」

深く溜息をつく。

頑張ってるなあ、健吾は。いくら年下の彼女からの頼まれ事だからって、本当によくやったよ。川俣さんが説得に応じなかったのは、まあ仕方がない。話を聞く限り、健吾に説得の材料は全然ないからね。

「それで、落ち込んだ、と」

しかし健吾はかぶりを振った。

「いや。確かに俺には大したことはできんが、一度で引き下がるのも諦めがよすぎる。できることは何もないのかと思ってな。もう一度、会いに行ったんだ。で、常悟朗よ。俺は何て言われたと思う?」

少し考える。余程けんもほろろにされたんだろう。

「迷惑だ、とか?」

「いや。……邪魔だ、って言われたよ」

……へえ。

麺をあげ、淀《よど》みなく湯を切っていく店主の手さばきをどこか遠い目で見つめながら、健吾は少し自嘲気味に呟《つぶや》く。

「踏み込みが足りないんだ。火の粉をかぶってまで川俣さなえを助けたいと思っていない。こいつは偽善だ……」

ぼくは少し残念に思う。健吾は正義漢なので余計なことに手を出すけれど、迷うより先に手が出る単純な積極性は見ていてそれなりに面白いのだ。そんな健吾が偽善なんてタームを持ち出して自分を縛っちゃいけない。その言葉は、もっと冷笑的なタイプの人間が口にしてこそ面白いのに。

どうやら健吾の泣き言は終わったらしい。そしてタンメン激辛大盛もできあがった。白い丼が二つ、ぼくたちの前に置かれる。

「はいよ、タンメン激辛大盛お待ち！」

……洗面器のようなサイズの丼に、まるでソフトクリームのように円錐《えんすい》状に、野菜がそそり立っている。スープも麺も見えないんですが……。

まあ、夏のさなか、食欲減退気味とはいえ、こんな気合の入ったものを目の前に置かれては奮《ふる》い立たないわけにはいかないだろう。ぼくは割り箸を取りながら言った。

「まあ、そんなこともあるよ。そのうち何とかなるさ。じゃあ、いただきます」

何ら意味を持たない慰めを並べて箸を割るぼくに、健吾は軽く頷いた。

「悪かったな、つまらん話で」

気にしてないよと言いかけて、ふと気になった。

「……で、健吾。どうしてぼくが、泣き言を聞かせるのに向いてるって？　川俣かすみさんに聞かせられないなら、新聞部の友達だっていくらでもいるだろうに」

「ああ、それはな」

何でもないことのようにさらりと言う。

「新聞部の連中は大抵、いいやつでな。俺が泣き言を言おうものなら、全力で俺が間違ってなかったと証明してくれるのさ。その点お前なら、大して同情もせず下手に慰めもせず、おざなりに聞き流してくれるに違いないからだよ」

……あんまりな言い草だ。

そんなだったら、お地蔵様にでも聞かせていればよかったじゃないか。まったく、堂島健吾というやつは基本的にぼくに対して失礼だ。

自分の太腿をばしんと叩き、健吾も箸を取る。そして叫んだ。

「なあ、常悟朗。どうだ、これが食わずにいられるか？　食わずにいられんときに、〈金竜〉のタンメン以上のものがこの世にあるか！」

「わかった、わかったよ。わかったから食えよ」

「よっしゃ、いただきます！　すんません、サービスランチ二つ！」

二つって、ぼくの分？

いいよ、わかったよ。食べるよ。食べますよ。ぼくは野菜の山に取り組む前に、レンゲをぐいと突っ込んでスープをひとさじすくった。ずずっと啜《すす》る。

……か、辛っ！

第四章　おいで、キャンディーをあげる

1

　その夜、はちきれんばかりに詰め込んだ腹具合も何とか落ち着き、楽しみにしていた文庫本の最終章も満足のいく大団円を迎え、もうそろそろ寝ようかという二十三時。ベッドの上で、ケータイが震えた。メールだろうと思って放っておいたけれど、バイブレーションはなかなか止まらない。どうやら通話の着信らしいと気づいて慌てて拾い上げると、モニタには『小佐内《おさない》ゆき　携帯電話』と表示されていた。

　健吾《けんご》からの電話にも驚いたけれど、小佐内さんから電話がかかってくるというのも、結構久しぶりだ。記憶を遡《さかのぼ》ると……、どんどん遡るけれど、まったく思い出せない。初めてじゃないかという気さえしてくる。何か急用かなと若干緊張しながら電話に出ると、小佐内さんの声はやけに弾《はず》んでいた。

「あ、小鳩《こばと》くん？　まだ起きてた？　ごめんね、こんなに遅くに」

「大丈夫だよ、起きてた」

「今夜は暑いよね。わたし、あんまり眠れなさそう」

まあ、夏だしね。小佐内さんの家はマンションの間取りを見る限りアッパーミドルぐらいなので、彼女の自室にもエアコンぐらいはついているだろうけど。

「夜風にでも当たるといいよ。……で、何か用？」

「うん、ちょっとね」

ちょっと不安そうに、

「ねえ、小鳩くん。何日か前に、一緒に『三夜《さんや》通りまつり』に行こうって話、したよね？」

「ああ、うん」

曖昧に答える。確かにこの間、〈小佐内スイーツセレクション・夏〉の第四位「あいすくりいむ二種盛り合わせ」にお付き合いした帰りに、そんなことを打診されていた。ちなみに小佐内さんの至上命令で黒胡麻アイスと豆乳アイスのセットしか注文が許されなかったのだけれど、ぼくは内心はスタンダードに抹茶アイスを頼みたかったのだ。黒胡麻も豆乳も、さすが小佐内さんのお眼鏡にかなっただけのことはある味わいだったからよかったけど。

あの日、小佐内さんはごくさりげなく「三夜通りまつり」の日に予定がないか訊いてきて、ぼくはいい加減に「なかったと思うよ、多分」というような返事をしていたのだ。

ぼくの声の張りのなさに気づいたのか、小佐内さんは俄然《がぜん》意気込んで、

「大丈夫だよね？　予定、なかったんだよね？」

と念を押してくる。

「……用はないよ。空いてる。行くよ」

途端、電話の向こうから安堵の雰囲気が伝わってきた。和《やわ》らいだ声で、

「そう、よかった……。わたし、ちゃんと訊かなかったような気がしてて……」

と。

僕はケータイを持ち替えた。

「そんなに行きたいの？」

「もちろん！」

小佐内さんの声が熱を帯びる。

「絶対」

「どうしてまた。言っちゃ悪いけど、あんなのただの商店街のイベントだったと思うけど」

「あのね」

物わかりの悪い相手に説くように懇々と、

「『三夜通りまつり』自体は確かに、ただのイベント。だけど、三夜通りには〈むらまつや〉があるの。〈むらまつや〉は、この街で和菓子を買うなら絶対不動の第一位。基礎教養だからね」

どういうタイプの人間にとっての基礎教養なんだろう。

「でね。小鳩くんに渡した地図にも、〈むらまつや〉は載せてたでしょう？　憶えてるかな」

「ああ、確か」

この間、ハンバーガーショップで健吾と会った日に見かけた。確か売り物は、

「りんごあめがおいしいんだったっけ」

「そう」

電話の向こうで、小佐内さんはどんな表情をしているんだろう。

「りんごあめはどっちかというと駄菓子だから、本当ならセレクションに入るようなものじゃないの。でも、〈むらまつや〉のりんごあめは違う。いい、小鳩くん、全然、違うのよ」

「はあ」

「一年に一日、『三夜通りまつり』の日にだけ、和菓子の〈むらまつや〉が店頭で、選び抜かれたりんごとお得意のあめを使って、上々のりんごあめを売り出すの。りんごは酸味の強い品種を用意して、お客さんが注文してから皮を剝くの。あめも甘すぎず、かといって物足りないわけじゃなく、着色料なんか絶対使わない金色で、それを薄く絡めるの。その甘さと酸《す》っぱさの絶妙の混交たるや、りんごあめの概念を一段上に押し上げるに足るものなんだから」

「そうなんだ」

概念を押し上げると来たか……。

「この夏、小鳩くんにはいろんなお店を紹介したよね。でも、このりんごあめを食べてもらわ

ないことには、真に価値あるものを紹介したことにはならないの！」

今度は真に価値あるもの、か。正座して聞いたほうがいいかな。

何とか小佐内さんに、ぼくは甘いものが好きなわけじゃないことを伝えられないかと思うんだけど。だけどまあ、そんなに〈むらまつや〉のりんごあめを楽しみにしているんだったら、何も水を差すことはない。ぼくは恐れ入って畏《かしこ》まった。

「それは、楽しみだね、本当に。で、明日は現地集合かな」

少し、沈黙があった。まだ話し足りないところに腰を折られて不機嫌になったのかもしれない。続く小佐内さんの声は、一転してひどく落ち着いていた。

「……ううん。現地じゃなくって。一度、わたしの家に来て。そして、一緒に出かけるの。そう……、一時ごろに、わたしの家に」

「一時だね。わかった。じゃあ、明日」

「絶対ね」

うん、と生返事で電話を切りかける。と、小佐内さんが一言、付け加えた。

「これがこの夏の思い出の、集大成なんだから」

……素敵な一日になるといいね。

——八月十八日午後十一時二十分ごろ、石和《いさわ》馳美《はせみ》は川俣《かわまた》さなえからの電話を受けた。川俣は石和に、翌十九日の小佐内ゆきの行動について情報を伝えた。

その際に石和は、かねてグループ内で話し合われていた計画の実行を川俣に示唆《しさ》した。川俣は遠まわしに中止を求めたが、力関係上、その制止を石和が受け入れることはありえなかった。川俣からの電話を切ると、石和はメールを用いて他のメンバーに翌日の行動について指示を与えた。そのメールは石和並びに指示を受けた各メンバーの携帯電話に残された。

その夜、木良《きら》市の気温はなかなか下がらず、この夏一番の寝苦しい夜となった。

2

前の日の晩から垂《た》れ込めていた雲は翌日も朝から分厚く、とてもイベント向けの日和《ひより》とは言えなかった。夜の間に熱気が抜けきらなかったせいか朝からじっとりと暑く、それがぼくの気をやたら重くさせた。ついでに、昨日のタンメンがまだ胃に残ってる感じだ。あんな辛いものを山ほど詰め込むから……。

約束は一時。いくら胃の調子がよくなくても、何も食べないというのではかえって良くない。トーストで軽く腹を作ってから出かける。商店街のイベントに自転車で乗りつけて駐輪場が空いているかどうかはかなり疑問だけれど、とりあえず小佐内さんの家までは自転車で行くことにした。

太陽は顔を出さないくせに気温だけは上がり続けて、何もかもうっちゃってしまいたくなるような気怠《けだる》い感じだ。時間に余裕を持って家を出たので急ぐ必要がないこともあって、ペダルを漕ぐ足にも一向に力が入らない。住宅街の細い路地の、僅かな上り坂がやけに大変に思えた。途中たまりかねてコンビニで涼んでいたら、思ったより時間が経ってしまった。小佐内さんのマンションに到着したのは、約束通りの一時になった。しかし今週は「全国失礼週間」ででもあるのだろうか。昨日の健吾もなかなか失礼なやつだったけれど、今日の小佐内さんはなんと留守だった。

と言っても、閉ざされた鉄扉にぶち当たってすごすごと帰ったわけではない。エレベーターで三階まで昇って、小佐内さん宅のドアチャイムを鳴らすと、中からドアを開けてくれたのは小佐内さんではなく小佐内さんに目元と鼻がよく似た女性だったのだ。

これまで小佐内さんの家にお邪魔したことは数回あるけれど、そのいずれも家には他に人がいなかった。家庭の事情はほとんど聞いたことはなかったけれど、共働きということだけは聞いていた。そして、小佐内さんは家族がいないときにだけぼくを招いているんだろうな、と思っていた。今日もそうだろうと思っていたので、小佐内ゆき以外の人間が現れたのには面食らった。

目を丸くしているぼくに、女性は言った。

「いらっしゃい、小鳩さんね」

ベタなお世辞を言うつもりはない。ぼくは本心から、その人が小佐内さんの姉だと思った。が、小佐内さんは一人っ子だということは知っていた。とすると、

「あ、はじめまして。小鳩です。ええと、小佐内さんの……？」

女性は柔らかく微笑《ほほえ》んだ。

「母です」

そういうことになる。小佐内さんが年齢の割にとても若く、つまり小学生ぐらいに見えるのは、お母上の血のおかげなんだろうか。そう思ってしまうほど、目の前の女性は高校二年生の娘を持つ年齢には見えなかった。いくらなんでも高校生には見えないが、服装次第で大学生でも充分通るだろう。

ただ、笑顔の温かさが小佐内さんとその母とでは全然違う。何せ、小佐内さんの笑顔は、概して温かみからはほど遠い。

ぼくは軽く頭を下げた。

「どうも……。あの、小佐内さん、ゆきさんはいらっしゃいますか？」

「すみません」

頰に手を当てて、

「あの子、出かけちゃったんです。ごめんなさいね、すぐ戻ると思うんですけど」

「出かけられたんですか?」

待ち合わせの時間を決めたのは小佐内さんなのに。……けれど、まあ、何か急な用事でもできたんだろう。そんなこともある。出直すか、それとも三夜通りで直接落ち合ってもいい。そんなことを思っていたら、ドアを大きく開いて、

「小鳩さんがいらしたら、上がって待っていただくようにって。散らかっていますけど、お上がりください」

「いえ、ぼくは……」

「さあ、どうぞ」

小佐内さんが上がって待つよう伝言したってことは、本当にすぐ戻ってくるんだろう。気詰まりな気はするけれど、無理に拒《こば》むのも小市民的でない。ぼくははあ、とかどうも、とかもごもご言いながら、上がらせてもらうことにした。

リビングに通される。

エアコンがよく効いていて、外の不快指数と共に高まっていたぼくの不快感は一気に降下した。やっぱり環境は大切だ。涼しいだけでこんなに寛大な気分になれる。

玄関口で散らかってますがと言われたけれど、予想通り、それは嘘だった。あるいは他に散らかっている場所があるのかもしれないけれど、少なくともリビングはこざっぱりとしている。根本的に物が少ないので、散らかりようがないのだ。しかし、クッションを勧められ、笑顔で

よく冷えた麦茶を出されると、どうもこれまでお邪魔させていただいたのとは勝手が違うような気がしてきた。ぼくは常々、小佐内さん宅のことを綺麗すぎて生活感がない、ホテルのような家だと思っていたけれど、今日は全然そういう感じがしない。麦茶を飲みながらふと、あの生活感の希薄さはこの部屋に由来するのではなく、小佐内さん自身に原因があるのかもしれないな、と思った。小佐内さんは、どうしてもちょっと、ずれてるから。

もっともそれはぼくも同じで、そこのところの矯正こそがぼくたちの小市民計画の主眼だったりする。

お盆に盛って、おかきを出してくれる。丁重なもてなしに感謝。背の低いテーブルの向かいに品よく正座すると、

「ゆきがいつもお世話になっています」

と頭を下げられた。どうもこちらこそ、と、丁寧ながら適当な挨拶を返しておく。が……。

「……」

どうも値踏みをされているように思える。何だろうな、この笑顔の下の微妙な緊張感。あからさまに凝視《ぎょうし》するようなことはないけれど、熱のこもった視線が注がれている気がする。コップを上げ下ろしする手さえ見られているような。

ぼくも何となく笑顔を浮かべながら考えて、思い当たる。ああなるほど。当然、気づくべきだった。そうかそうか、かわいい一人娘についた虫を測っているのだ。その予想を裏づけるよ

のはどうかな？

「よかったわ、ちゃんとした方で」

お眼鏡にかなったのは光栄だけれど、多分ぼくと小佐内さんの関係を誤解している。もちろんその誤解は狙ったもので学校生活ではいい隠れ蓑《みの》になるけれど、ご家族にまでそう思われるのはどうかな？

ぼくの危惧をよそに、言葉が継がれる。

「あの子おとなしいから、学校でちゃんとやっていけてるか心配だったんです。共働きですから、あまり話を聞くこともできなくて……」

「大丈夫ですよ」

励ますように、

「結構友達も多いようです。明るい性格で、皆に好かれています」

やや誇張気味だが、嘘ではない。小佐内さんは学校では無難な性格で、ぼくの知る限り嫌う人はいない。友達は多いようだけれど夏休みに行動を共にするような相手はいないのは、ぼくと同じだ。

「そうですか。夏休みに入ってからは夜中に電話する回数も増えているみたいで、きっといいお友達ができたんだと思って安心していたんです。……でも、男のお友達だったなんて、驚きましたけど」

安堵の表情が浮かんでいる。小佐内さんからは家での話を聞いたことがない。何となく、こうして情報をやりとりするのが悪いような気がする。

腕時計を見る。

「……小佐内さんは、どこに行ったかわかりますか」

「それがねえ」

頬に手を当て、

「お昼前に出かけたんです。ちょっと買い物があると言って。もうそろそろ戻ると思うんですけど……。本当に、すみませんね。何やってるんでしょう、あの子」

やたらと恐縮される。

「昼前、ですか……」

約束の時間は一時だった。昼前ということは最低でも十二時直前、実際はもっと前だったろう。一時間以上は経っている。

それはおかしい。買い物というけれど、ぼくたちは一応繁華街に出かける約束をしていたのだ。買うものがあるなら、そのついでに寄るように頼んでくれればいい。小佐内さんはそんなことで遠慮はしないだろう。

それなのに、ということは、小佐内さんは本当にすぐ近くにちょっとしたものを買いに出かけたという可能性が高い。手近ですぐに済むからこそ、約束を控えていたのに出かけたのだ。

しかしだったら、その買い物に一時間以上もかかってしまうのはおかしい。

これらの推論をまとめると、結果はこうなる。

小佐内さんは、この近くには売っていないけれどもぼくと一緒に買いに行くのは憚《はばか》られるようなものを買いに行った。

……まあ、そういう品物の一つや二つ、連想できないわけじゃない。そのうち戻ってくるだろう。気詰まりだけど、曖昧な笑顔は浮かべていられる。別に「娘とはどういうご関係ですか!」と詰問されてるわけじゃなし、あまり硬くならないでいよう。

それからもリビングルームでは、他愛ない話が続いた。一度破られた沈黙が再び下りるのを恐れるように話の接《つ》ぎ穂《ほ》が次々に投げかけられ、ぼくはそれに如才なく答えた。概《おおむ》ね、学校での小佐内さんについていろいろ尋ねられたけれど、特に面白い話はできなかった。中学時代の小佐内さんについて訊いてくれれば、いくつか話せることもあったのに。話さないけど。

どれぐらいそうしていただろう。電話が鳴った。

ケータイかと思ったけれど、リビングの固定電話だった。ちょうどぼくたちは小佐内さんのクラスの担任教師について話していた。

「あら、ちょっとすみません」

と立ち上がり、テレビの脇の電話に出る。

「はい、小佐内です」

ぼくはほっと息をつき、僅かに残っていた麦茶を飲み干した。腕時計を見る。一時半を少し過ぎていた。小佐内さんにメールを出してみようか。

ケータイを出しかける。

そのときだった。

鋭い声が、耳に届いた。

「あなた、誰です！」

受話器を固く握り締め、表情が強張っている。ついさっきまで浮かべていた社交辞令的な笑顔が消し飛んでいる。ただならぬ様子に、ぼくも動きを止めた。

誰何《すいか》の後、受話器に向かっては何も言わない。電話の向こうの声に聞き入っているようだ。耳を澄ませるけれど、聞こえるのはエアコンの低い作動音のみ。

やがて、叫びが爆発した。

「待ちなさいっ。あの子の声を聞かせなさい！」

しかし返事はなかったようだ。ゆっくりと受話器を置く。

ただごとではない。慎重に声をかける。

「何か、ありましたか」

「あの子が、ゆきが」

呟く声には力がなかったが、取り乱しているわけではなかった。そのままもう一度受話器を取り上げると、短縮ダイアルでどこかへ電話をかける。

十秒、二十秒。……四十秒、五十秒。長い呼び出しだった。相手は電話に出ないようだ。やがて諦めたように受話器を置き、初めてぼくに気づいたようにぎょっとする。

「小佐内さんに、何か」

返ってきた答えには、押し殺してはいるものの、動揺が滲《にじ》んでいた。

「きっと悪戯《いたずら》なのよ、誰かの、酷《ひど》い悪戯。……だけど、ゆきを捕まえたって。五百万で、無事に帰すって。機械を通した、変な声で」

金と引き換えに、小佐内さんを帰す？

それはつまり、こういうことか？

ぼくの声の方は、情けないほど上ずった。

「つまり……、小佐内さんが、誘拐されたってことですか？」

長い戸惑い。誘拐という言葉がぴんと来ないような。

しかし結局、事実はそういうことなのだった。ぼくに向かって頷くと、視線を部屋のあちこちにさまよわせながら言った。

「そう……、そうなるわね。ゆきが、誘拐された……」

――計画は八月十九日午後十二時五十分ごろ、実行に移された。川俣からの情報を元に木良市本吉町三夜通りで待ち伏せしていた石和たち三人は、一人でいた小佐内ゆきを発見。小佐内を取り囲むと路地裏に連れ込んだ上で乱暴な言葉で脅し、腕を引っ張るなどして駅前の駐車場まで歩かせ、停めてあった車に拉致《らち》し連れ去った。

この間、小佐内は怯えきったように体を縮《ちぢ》こまらせ、応答も要領を得なかった。車に乗せられる際には激しく抵抗したが、石和の殴打を受けると抵抗をやめた。

現場は繁華街で、当日は「三夜通りまつり」のため、車の通行が規制されていた。人出は多かったが、助けに入る者はいなかった。通りの入口と出口にはそれぞれ交通整理の警官が配備されていたが、異状には気づかなかった。

3

小佐内さんへの連絡は取れず、電話によって身代金が要求された。それに対する小佐内さんの母の対応は、至極《しごく》妥当なものだった。まず自分の夫に連絡し娘の誘拐が示唆されたことを伝え、それから警察に電話した。一一〇番に電話がかけられるところを、ぼくは初めて見た。ぼくが以前警察に電話をかけたときは、警察署の電話番号にかけたから。

「娘に迷惑をかけられたから捕まえた、という電話がかかってきました。無事に帰してほしければ、五百万円を用意しろ、と。ええ、試しましたが、娘とは連絡が取れません」

そしてぼくを追い出した。追い出されるまでもなかった。娘が誘拐された家に、どうして長居できるだろう。

誘拐。

確か、誘拐というのは言葉巧みに誘いかどわかすことだったはず。小佐内さんが言葉で誘われるとは考えにくい。恐らくは暴力によるもの……、略取《りゃくしゅ》だろう。

そんなことはどうでもいいのだ。

誘拐？　小佐内さんが？　どうして？

まず頭に浮かんだのは、それが本当なのか、という疑念。適当な嘘を並べ立て、小佐内家から金を巻き上げる詐欺の類《たぐい》じゃないかと考えた。そうだとしたら迷わず通報されている時点でとても下手な詐欺ということになるのだけれど、小佐内さんが攫《さら》われたという事実が確認できない以上疑問は持つべきだ。……もちろん、本当であってほしくない、という思いもある。

その一方で、仮に誘拐が本当であったとして、小佐内さんは無事でいるのかという不安が胸を掠《かす》めている。身代金目的誘拐がしばしば悲劇的末路を辿ることは誰でも知っている。いや、縁起でもない！

そして、それらを圧倒してぼくの心を占めていたのは、非現実感と不気味な恐れだった。

「小佐内さん……」

マンションの三階から、エレベーターに乗る。ぼくは自分の太腿をつねる。痛みは確かに感じたけれど、エレベーターの下降感のせいなのか、どうにも足元が覚束《おぼつか》ない。

ぼくと小佐内さんは、これまでいろいろなトラブルに接してきた。ぼくらが目指すところの小市民はトラブルなんか願い下げなので、それらは全て「巻き込まれた」ことになる。そしてそれらはほとんど全て、身に迫った危険を伴わない、浮遊感のあるトラブルだった。

ぼくたちは生まれ持った性格ゆえに厄介事の近くにいながら、注意深く本当の危険を避けてきた。それは二人ともそれぞれ苦杯を嘗めた中学時代の経験から学んだ護身術でもあっただろう。高校生活一年少々、ぼくたちはおおむね、平穏だった。

だけど、この件は小市民的じゃない。誘拐は平穏じゃない。健吾の残した『半』のメモのような、解決されないならされないで全然かまわない暢気《のんき》な事案でもなければ、ぼくと小佐内さんとの間でシャルロットをめぐって繰り広げられたようなお遊戯でもない。そのリアルさがかえってぼくから現実感を奪い取り、得体《えたい》の知れない恐れを与えていた。

……そして、それだけではなかった。大変残念なことに、小佐内ゆきが誘拐されたと聞いてぼく小鳩常悟朗《じょうごろう》が感じたのは、それだけではなかったのだ。

「……」

エレベーターの中で、コントロールパネルに手をつく。そしてぼくは吐き捨てた。

「何てこった。ぼくはどこまで……」

疑念、不安、非現実感。なるほど、ぼくは確かにそれらを感じている。それは自然なことだ。しかしぼくは、それらの奥底に不埒《ふらち》な衝動を感じていた。そのことは認めざるを得なかった。

そんな衝動を持ってしまったことを恥じ、ぼくは個室の中で呟く。

「これは知恵試しの材料じゃない……。小佐内さんが、現に、攫われてるんだぞ！」

ぼくは、高揚していたのだ。

こんなことは滅多にない、と。知恵がまわるのを鼻にかけ、誰よりも早く「真相」に辿り着けると自認しているぼくにとって、こんなおいしい材料は他にない。妙技は好敵手あってこそ引き立つもの。才を試すにはそれに相応《ふさわ》しい舞台と題材が必要だ。長い間そうした機会に恵まれずにいたけれど、こんな素晴らしい事件に出会えるならこれまでの退屈を帳消しにして余りある。誘拐万歳！

要するに、そんな風に思っていた。そんな風に思ってしまうから多くの人を傷つけ、不愉快にさせ、自らも責めを負ってきたというのに。だからこそ「小市民」を標榜《ひょうぼう》し、頬かむりをしていこうと決めたのに。

……それでもまだぼくは、こんなことを思ってしまうのだ。

エレベーターのドアが開く。そのままマンションを出ると、重々しい曇《くも》り空の下、腹が立つような熱気がぼくを包む。

ただ、小佐内さんが危険であるということに比べたらほんの些細なことではあるけれどぼくにとってせめて良かったのは、この件にぼくは手出しのしようがないということだ。ぼくは小さな手がかりを記憶から取り出してそこに意味を見出す術《すべ》には長《た》けているけれど、何の手がかりもないのでは話が始まらない。

いや、正直に言えば違和感を二、三覚えていないこともないのだけど、それを追及すれば小佐内さんが無事でいられるというものでもない。既に警察が動いている。ぼくの小市民性を云云するまでもなく、これはぼくの出る幕ではないのだ。

そう結論づけてぼくは初めて、心から小佐内さんの無事を祈ることができた。小佐内さん、とてもそうは見えない高校二年生、かけがえのない友人である小佐内ゆき。どうして彼女なのか、本当に攫われてしまったのかさえわからないけれど、どうか、無事でいてくれ。ぼくは何もできないけれど……。

せめて、そうだね、君が楽しみにしていたりんごあめを、買っておくよ。帰ってきたときに、差し出せるよう。

そう思い、自転車に跨《また》がろうとしたそのとき。

ぼくのケータイが震えた。メールの着信。差出人は……、小佐内さん！

飛びつくようにケータイを開く。ボタンを連打してメールを開く。

そこにあった文面に、ぼくは目を見開いた。

小佐内さんからのメールには、こう書かれていたのだ。

『ごめんなさい。りんごあめを四つとカヌレを一つ買ってきてください。ごめんなさい』

――小佐内ゆきは、グループの一人北条智子《ほうじょうともこ》の父親が所有していた普通乗用車で拉致された。北条は運転免許証を所有していなかったが、これまでもしばしば父親の車を持ち出し、無免許運転を繰り返していた。また、父親もそれを知りながら黙認していたと思われる。

車は五人乗りで、運転席に北条が座り、後部座席に三人が座った。小佐内はその中央に座らされ、左右から小突かれ、また恫喝《どうかつ》を受けた。

当日の小佐内の服装は、紺のフレアースカートに白いボタンダウンシャツ。鞄などの手持ち品は持ち歩いていなかった。

拉致グループは小佐内に対し強い敵意を示したが、移動中はあまり激しい行動に出ることはなかった。石和は小佐内の殺害を示唆する発言を繰り返したが、これは一般的な悪口雑言《あっこうぞうごん》の類であって、この一事を以《も》って石和には殺意があったと考えることはできないだろう。

小佐内は目立った抵抗をせず、ただじっと俯《うつむ》いていた。石和らが激しい言葉をかけると「違います」や「ごめんなさい」などの短い返事はするが、自ら口を開くことはなかった。

また、車内で石和は、今回の計画に参加しなかった川俣さなえについて、強い不満を示した。車による連れまわしは、二十分に及んだ。

4

メールを受け取ってぼくは、ほとんど間髪をいれず、小佐内さんに電話をかけた。息を止めて応答を待つ。

しかし聞こえてきたメッセージは無情にも、小佐内さんのケータイの電源が入っていないことを伝えてきた。ということはつまり、小佐内さんはこのメールを送った直後に電源を切ったことになる。もちろん、電波の届かないところに入った可能性もある。

そして、電源を切ったのではなく、誰かに切られたのだという可能性も。

ホールドボタンを押し、呼び出しを打ち切る。改めて、メールの中身を検討する。小佐内さんは、このメールで何を伝えようとしたのか。

りんごあめと、カヌレを買ってきてほしかったのか？　いや、もちろん違う。りんごあめならこれから買いに行く約束をしているし、それを反故《ほご》にするというのならどこに来てほしいのか書いてないといけない。それに、カヌレなんて名前には憶えがない。多分甘いものの名前なのだろうけれど、ぼくが甘いものに詳しくないのを知っていてそんな名前を出すこと自体、何か狙いがあることを示唆している。

お使いの御用でないなら、何のメールだったのか。

ぼくは呟いた。

「……SOSだ」

余人には、これはお使いを頼むメールにしか見えない。が、ぼくにはそうでないとわかる。言い換えよう。誘拐されている小佐内さんがこのメールを誘拐犯の目を盗んで送信したとする。犯人が後にこのメールに気づいても、助けを呼ぶものには見えない。が、ぼくにはわかるのだ。

さっきまでの、エレベーターの中での煩悶《はんもん》は吹き飛んだ。小市民的であるとか、ないとかではない。これを解釈すれば小佐内さんを助けられるのなら、どうして迷うことがあるだろう？

ぼくは考えた。ほんの二、三秒ほど。

これが救援要請だとして、ぼくはどうすべきか。具体的には、これを警察に渡して捜査を待つべきだろうか？

いや、それは正解とは思えない。警察が誘拐事件に際してどのような行動を取るのか、ぼくは知らない。このメールを重視してぼくの話を聞いてくれればいいが、そうでなければ時間を浪費してしまう。正解は、このメールを元に小佐内さんを発見した上で、警察を呼ぶことだ。

もちろん、誘拐犯が全く見張りを置いていなければそのまま助け出すこともできるが、そんなことは期待するべきじゃないだろう。

では、いますぐそれに取り掛かるべきか？

それも正解ではない。相手は一人とは限らない。不慮の事態が発生し、ミイラ取りがミイラになるようなことがあっては小佐内さんの身に危険が及ぶ。いざというときに助けを呼ぶため、もう一人絶対に必要だ。

その一人は誰であるべきか。……考えるまでもない。平穏な学校生活を送っているぼくには友人は多いけれど、こんな馬鹿な話を持ち込めるのは、あの男以外にいない。もちろん、不本意だ。不本意ではあるけれど、背に腹は代えられない。

ケータイを操る。悠長にメールを打っている場合じゃない。電話をかけることにする。コール先は、『けんご』。連絡先を記録しておいてよかった。

堂島健吾《どうじまけんご》は、ありがたいことに、すぐに出てくれた。

『……何だ』

「あ、健吾？　用がなければすぐ来てほしいんだけど」

『用はあるぞ』

「用があってもすぐ来てほしいんだけど」

もともと不機嫌だった声が、あからさまに鼻白んだ。

『ふざけるな』

いきなり「来い」では気も悪くするだろう。昨日健吾がやったことだけど。しかし、いまは迂遠《うえん》な言いまわしをしている場合ではない。単刀直入に言う。

「小佐内さんが誘拐された。犯人から身代金の要求があった。その後で小佐内さんからメールが来た。監禁現場を見つけて警察を呼ぶ。ぼく一人じゃ危ない。頼むから、手を貸してくれ」

『……はあ？』

何言ってんだこいつは、というようなあきれ返った声。ごもっともな反応だけど、

「冗談とかじゃない。本当なんだ。小佐内さんのお母さんが脅迫電話を取った。警察が小佐内さんの家に向かってる。でも、小佐内さんからのメールを解読できるのはぼくだけだ。だけど一人で動くわけにはいかない。危なすぎるんだ」

僅かな沈黙。

返ってきた言葉からは、不機嫌の色が消えていた。ひどく平坦に、

『お前、他に頼れるやつはいないのか？』

……ぼくは、小市民的であろうとした。

そして、そうしている間に得られた友人たちとは、やはりそれなりの関係しか結べない。ぼくが『狐』であることを知っている健吾だけが、『狐』であるぼくが信を置くに値する。そのことの皮肉に笑う気もしないまま、ぼくは即答した。

「いない」

健吾も、すぐに答えた。

『わかった。どこに行けばいい？』

「ぼくの家。一旦戻らないといけない」

『十分で行く』

「無理はしなくていい。ぼくの方が、どんなに急いでも十五分はかかる」

ケータイを閉じ、サドルに跨る。

マンションの敷地から出るのと入れ違いに、冴えないライトバンが入っていった。すれ違いざま、バンに人員が満載されているのが見えた。


時間を計っていた。十五分ぐらいは間違いなくかかると思っていたけれど、全速力の甲斐があってぼくはおよそ十分ほどで家まで帰ってこられた。健吾はまだ来ていないようだ。

古い家をリフォームした一戸建て。それがぼくの家だ。改築した二階にある自室に飛び込んで、地図を持ち出す。ただの地図ではない。〈小佐内スイーツセレクション・夏〉だ。玄関に地図を広げる。木良市全景の地図に、赤い点があちこちにちりばめられている。小佐内さんが調べ上げたお薦めの店だ。ちょうど、健吾が到着した。

健吾はくたびれたデニムパンツに部屋着っぽいポロシャツをひっかけて現れた。急いで来てくれたものと思うけど、息の一つも切らしていない。まだ動悸の収まらないぼくとは鍛え方が違う。

「来たぞ、常悟朗」

「恩に着る」

短く礼を言って、地図を指さす。

「手っ取り早く言うと、この地図はぼくと小佐内さんしか持っていない。この街で甘いものを売る店を網羅《もうら》した、小佐内さん特製のマップだ。そして、小佐内さんから送られてきたメールがこれ」

とケータイのモニタを見せる。

『ごめんなさい。りんごあめを四つとカヌレを一つ買ってきてください。ごめんなさい』

健吾にはお使いメールにしか見えないだろうと思ったけれど、意外なことに文面を読んだ健吾はすぐに言った。

「カヌレを一つだと？」

「……一つじゃおかしいの？」

「俺の知ってるカヌレは、スコーンみたいな小さな菓子だ。一つだけで買うかな」

どうして健吾がそんなお菓子の名前を知っているのかがわからない。何だか常識で健吾に負けたようで悔しい気もするけど、悔しがるのは後にする。

「なるほど、じゃあますますこれはお使い依頼じゃない。健吾、見てくれ。『りんごあめ』を売る店は、ここにある」

ぼくは地図に、ランキング表を重ねた。りんごあめを売るのは、〈むらまつや〉。三夜通りの店だ。

「そして、カヌレがリストアップされている店は……」

カヌレは小佐内さんのセレクトしたトップ10にはランクインしていない。が、ランク外のものもきっちり記述してある。カヌレがおいしい店として挙げられているのは、

「〈レモンシード〉だ。健吾、〈レモンシード〉を捜してくれ」

健吾は何も言わず、地図に向き合ってくれた。小佐内さんがリストアップした店は、この街のあちこちに散らばっている。町外れの住宅街の中にある喫茶店までマークしてある。その数は、三十。

ほどなく、健吾が指を地図の上に置いた。

「あった。ここだ」

〈むらまつや〉から南西方向、結構離れた場所に〈レモンシード〉はあった。これで店の位置は判明した。後は世話はない。ぼくは小さく笑った。

「前に、小佐内さんに謎かけをされたんだ。ひどく簡単なやつをね。二軒の店の名前を並べて、その間の店に来てくれと言う。簡単さ、その二軒の中間点の店を指定していたんだ。小佐内さんは、そのことを憶えていたんだ」

「なるほど、だがな」

健吾はすぐに指を当て、〈むらまつや〉と〈レモンシード〉のおおよその中間点を示した。

「その方法だと、この辺りにならないか？」

その二軒の中間点は、大型ショッピングセンターだった。とびきり人通りの多いところだ。とても、人を監禁するのに適した場所とは思えない。

「なるほど。ちょっと道具を取ってくる」

階段を駆け上り、自分の部屋から物差しとボールペンを持ってくる。二軒の間に線を引く。道を何本も跨《また》ぎ、線路まで横切る長い線だ。そして、測るまでもなく確かに、その二軒の中間点はショッピングセンターだった。

「ここなのか？」

「いや……、違うだろうね」

「なら、どこだ。この直線上のどこかと言われても、手が出んぞ」

ぼくはくちびるを噛んだ。考え違いだったろうか。あるいは小佐内さんは、自分は〈むらまつや〉と〈レモンシード〉の近くを通って別の場所に連れ去られた、と言いたかったのだろうか？　確かに、犯人の移動ルートがわかれば警察の役には立つだろう。そうなのだろうか。

再度、ケータイに小佐内さんからのメールを表示させる。りんごあめが四つに、カヌレが一つ。これが〈むらまつや〉と〈レモンシード〉を示唆していることは間違いない。

いや、このメールに含まれた情報は、それだけではない。

「……カヌレは一つでは買わない。そう言ったね」

「俺なら、だ。断言する自信はないが……」

いずれにせよ、わざわざ個数を打ち込んであるのには何かある。菓子の名前だけが重要なら、何も個数まで指示する必要はなかったはずだ。

入り組んだ謎ではないはずだ。このメールが小佐内さんからのSOSなら、小佐内さんはぼくがすぐにでも解読できるように考えたはず。SOSは発信したけれど読み取るのに時間がかかって間に合いませんでした、では話にならない。

りんごあめ四つに、カヌレ一つ。数字にも意味があるとしたら……。

「……試してみるか」

ぼくは物差しを当て、二軒を繋ぐ直線を五等分した。

「四対一。〈むらまつや〉から四。〈レモンシード〉から一。ここら辺か」

その地点を指さす。が、どうやらこの方法でもなかったらしい。ぼくが指さした場所には、市営南部体育館と書かれていた。

「公営の体育館じゃ……」

が、健吾の顔色が変わった。

「いや！　常悟朗、お前、知らないのか？」

「何を？」

「南部体育館は建て替えられるんだ。いまはもう立入禁止になって、解体を待つだけになってる」

なるほど。

「誘拐犯がアジトに使えそうな場所なのかな」

「ああ……、そうだな……」

あごを撫《な》で、健吾は少し考え込んだ。

「どでかい廃屋《はいおく》だからな。柄の悪い連中がうろうろしてる、って話は聞いたことがある。そういう意味では完全に人目がないわけじゃない。だが、付属の建物も結構多い。ベストじゃないだろうが、市街地で探すならベターな場所だとは思う」

賭ける価値はある、といったところか。ぼくは立ち上がった。地図を畳み、靴を履きつつ、

「どれぐらいで着くかな」

「……二十分」

「よし、行こう」

家を飛び出す。念のため、もう一度小佐内さんのケータイを呼び出してみる。やはり、電源が切られたままだった。

まったく、尋常じゃなかった。お笑い種《ぐさ》と言ってもいい。

風はそよとも吹かず、いまにも降り出しそうな重く厚い雲の下、温暖化の呪いをぶちまけたかのような気持ちの悪い熱気の中、ぼくは誘拐された女の子を救出しようと走ったのだった。移動ツールは自転車。部屋着のまま飛び出したごつい男を引き連れて、必死になってペダルを踏み込むぼくの姿は、恐らくとても滑稽《こっけい》だっただろう。どうせお姫さまを助けに行こうというなら、もう少しスタイリッシュでもいいようなものだけど。

ぼくと健吾は住宅街を飛び出して、長い長い赤信号を歯噛みしながら待ってバイパスを渡り、頂上で飛び上がりそうな勢いでアーチ形の跨線橋《こせんきょう》を越えた。歩行者の皆様に大変申し訳のない恐怖感を与えながら時に歩道を走り、逆にすぐ横を走り抜けるトラックに自分たちの肝を冷やしながら車道を走った。

自転車にはギア比の問題があるので、気張れば気張るほど速く走れるというものでもない。気は焦らないでもないけれど速度に限界がある分、バテることもなかった。ただ、不快指数の高い暑さだけは我慢ならなかった。首といい腕といい足といいじっとりと濡れたけれど、それが自分の汗なのか空気中の湿気がまとわりついたものなのか判然としない。最初のうちはぼくが先行したけれど、市街地に入る辺りから健吾に先に行ってもらった。南部体育館の存在は知っているけれど、具体的な道順となると自信が持てない。その点、健吾はこの街の道をとてもよく知っているようだった。

〈むらまつや〉と〈レモンシード〉の中間点に当たるショッピングセンターの脇を走り抜ける。直線距離ではかなり近くまで来ているはずだ。行く手の信号が変わる。ブレーキを思い切り握り込んで乗っていたスピードを殺す。ここまで、ほとんどずっと全速力。息が切れてきた。

一方健吾は疲れた素振《そぶ》りも見せないが、さすがにひたいに汗のてかりが浮かんでいる。信号を睨《にら》んだまま、健吾は不機嫌な声で言った。

「確か去年も、こんなことがあったな」

「……何のこと？」

「小佐内が危ないと聞かされて、全力で駆けつけた」

ああ。

「『タルト事件』のことか」

「ん、何事件だって？」

「あ、いや、こっちの符牒《ふちょう》」

あの一件のことを小佐内さんは『春期限定いちごタルト事件』と呼んで譲《ゆず》らない。ぼくはそれに触れるときは『自転車の件』とシンプルに呼んでいたけれど、段々押されて『タルト事件』と言うことが多くなった。もっとも、それほど頻繁にあの件のことが話題に上るわけではなかったけれど。

信号はまだ変わらない。片側一車線の細い道のくせに、ショッピングセンターが近いからか交通量は多く、青を待たなければとても渡れそうにない。

「あのときも迷惑をかけたね。ろくな埋め合わせもせず、悪かったと思ってるよ」

「そんなことはどうでもいいがな。小佐内ってのは……、いや……」

言葉を濁《にご》すが、言いたいことは大体わかった。小佐内ゆきはいつもこうなのか、とでも言いたいのだろう。そして、それを呑み込んだ理由も大体わかる。『タルト事件』の場合はともかく、今回の件は小佐内さんは純然たる被害者だ。何も小佐内さんが『狼』だから攫われたわけじゃない。

「とにかく、いまは小佐内さんを見つけることだ。もし話したいことがあるなら、その後に聞くよ」

信号待ち以外にすることがないとはいえ、いまはどんな短いお喋《しゃべ》りでもする気にはなれない。腕時計を見る。家を出てから、もうすぐ二十分。小佐内宅に身代金を要求する電話が入ってから、おおよそ五十分。小佐内ゆきの身代金は、五百万。払えば小佐内さんが絶対無傷で戻ってくるなら、決めるのは小佐内家だけれど。

「……」

五百万円……。

「常悟朗」

声をかけられ、はっと顔を上げる。信号が青になっている。ペダルを踏み込むと、信号の変わり目で突っ込んできたと思《おぼ》しき右折車がぼくの自転車の鼻先を掠めていった。

「単独事故れ馬鹿やろっ」

短く悪態をつくと、後は健吾について走るだけ。

南部体育館は、前面に広い駐車場を備えた、結構大規模な体育施設だった。体育館だけでなく、裏手にはテニスコート、ハンドボールコート、弓道場が付設されている。看板を読んでいま知ったことだけど。

老朽化によって建て替えしなければならなくなったとのことだけれど、駐車場越しに見る体育館は確かに風格というか老朽化というか寂《さび》れた雰囲気を漂わせていた。使用停止になってから、どれぐらい経っているのだろう。健吾は「どでかい廃屋」と表現したけれど、確かにそういう雰囲気は感じられた。たとえば遠目にも薄汚れたガラス戸や、無造作に枝を伸ばした植え込みなんかに。

そして、敷地の入口にはオレンジ色の柵《さく》が立てられていた。柵の隙間から入れないことはないだろうけれど、自転車を置いていかなければならない。目立ちすぎるだろう。

「どこか、裏から入れるところはないかな」

「裏口はあるが……。もっといい方法がある」

健吾の案内で、一旦体育館から離れる。側面にまわりこむように移動し、細かい路地を抜けると小さな公園があった。ぼくの胸までほどの高さの柵で、隣り合った体育館との間が仕切られている。

「なるほど」

健吾に来てもらってよかった。

象をかたどった滑り台の陰に自転車を置くと、ぼくと健吾は柵を乗り越えた。直方体の体育館の、後部の角に近い場所に出たようだ。

灰色に汚れた壁に、錆《さび》の浮いた大きな鉄扉がついている。

「健吾、あの扉は……」

「資材搬入《はんにゅう》用だろう。多分、ステージの裏に繋がってる」

「開くかな」

「試せばいいだろ。それより、あれを見ろ」

声を低くすると、健吾は何か倉庫のような建物を指さした。いや、健吾が指したのは、建物の陰から鼻先だけを出している車だった。

周囲を警戒しながら、小走りに車に近づく。

車はライトバンだった。ついこの間洗車したような、汚れのないクリーム色のライトバン。汚れていないということは、この車がここに捨てられているわけではないということを示している。誰かが乗りつけたんだ。

「裏口は閉鎖されてなかったのか？」

「そこまでは知らん」

けれど、「閉鎖」がたとえばポールの間にビニールワイヤーやチェーンを張るぐらいのものであれば、乗り込む気でいるものにとっては大した障害にならない。表の「閉鎖」だってそれほど厳重なものでなかったことを思えば、車一台入り込む隙があってもおかしくない。

ウィンドウから中を覗く。ドアを開けてみようとして、思いついてハンカチを取り出し、手に巻いた。が、ドアは開かなかった。後部座席の中央に何か包み紙が落ちているのが見えた。

「あれは……」

「どうした、常悟朗」

ぼくはその包み紙を指して、

「はっきり見えないけど、ロリポップの包み紙に見える」

「ロリポップ？」

カヌレを知っていて、なぜロリポップを知らない？

「棒つきのキャンディーだよ。……小佐内さんがたまに舐めるんだよね」

健吾は眉を寄せた。

「あめをやるからついてこい、と誘われたんじゃないだろうな」

ぼくの脳裏に一瞬、知らないおじさんにロリポップを差し出される小佐内さんが浮かんだ。

お嬢ちゃん、おいで、キャンディーをあげる。小佐内さんはもちろん断っただろう。いらない、持ってるもん。じゃあ、キャドバリーのチョコレートもあげるから。わあい、じゃ、行く！

「……この緊急時に下らない冗談はやめてもらいたいね」

決まりが悪そうに健吾は頭をかいた。

「すまん。で、決まりか」

「まだわからないけど」

前部座席も見てみる。運転席には特に変わったところはない。内装はオーディオにナビ付きで、なかなか立派なものだ。健吾はケータイを取り出して、車のナンバーを撮影した。ぼくのケータイもそろそろカメラ機能つきのものに替えた方がいいだろうか。

助手席は雑然としていた。コンビニの袋の中に空きペットボトルやガムの包み紙などを詰め込んで、シートの上に放り出してあった。それから……、白い、握りこぶしぐらいのサイズの、トランシーバーのようなもの。トランシーバー？　あまり見かけない道具だけど。それに、アンテナが見当たらない。もしかしてあれかな、と思い当たるものはあるけれど、断定できない。

「……健吾。あれ、トランシーバーかな」

「ん？」

ケータイをいじっていた健吾が寄ってくる。ぼくの指したものを見て、

「違うような気がするが」

「なら、何に見える?」

「前に、似たものを見たことがある。……はっきりとは言えないが」

と前置きし、健吾はぼくに向き直った。

「ボイスチェンジャー」

ぼくもそう思う。ところで健吾には言ってないが、小佐内家にかかってきた電話の声は、機械を通して変えられていた。

さて、小佐内さんからのメールが示唆した場所に、閉鎖された敷地に乗りつけられた車。その中に、小佐内さんが時々舐めるロリポップの包み紙らしいものと、ボイスチェンジャーじゃないかなと思える機械。

健吾が言った。

「通報するか?」

材料は揃っているような気もするが……。まだ情況証拠の域を出ていない。

「まず、小佐内さんを確認しよう。念には念を、だ」

頷いて歩き出す健吾に、声をかける。

「それから。……助手席が空いていて後部座席に小佐内さんが乗っていたんだとすると、犯人は複数だろう。最低二人、多分三人だ。気をつけていこう」

息を殺し、とりあえず体育館本体から調べることにする。

背を伝う汗は、この日の暑さのためばかりではなかったと思う。

——石和たちのグループは以前から使用していた場所に小佐内ゆきを連れ込むと、その場にあったパイプ椅子に小佐内の両腕を縛りつけた。

監禁現場には拉致に直接関与しなかった人物が二名待機しており、小佐内を囲む人数は五人となった。五人とも女性だったが、全員が小佐内の拉致監禁に賛成しているわけではなさそうだった。現場に待機していた二人のうち一人はあからさまに小佐内に同情を示し、小佐内を縛ることにも消極的に反対を表明した。しかし、石和が現場に姿を現さない川俣を再び罵倒《ばとう》し、何人かが声を荒らげてそれに賛成すると、その一人も身の危険を冒してまで小佐内を庇《かば》おうとはしなかった。

グループはまず、過去に発生したトラブルについて小佐内が関与していたか詰問した。小佐内は言を左右にしつつ基本的には否定したが、これはあらかじめ有罪と決まった裁判のようなものだった。否定の言葉は嘘として石和たちを激昂《げきこう》させたが、かといって肯定すればその場で私刑にかけられることは明白だった。小佐内は次第に言葉を少なくし、声も小さくなっていった。

石和は煮え切らない小佐内の態度に業を煮やし、肩と頰を小突いた。小佐内は恐慌状態になり自分の関与を強く否定した。続いて石和は、小佐内の下腹部を殴りつけた。小佐内は一時的に呼吸困難に陥り、しばらくは問いかけの言葉にも首を横に振るだけだった。

そのまま暴行が続けば、激しやすい石和がどこまで行動をエスカレートさせるかわからなかった。拉致監禁に賛成したメンバーも基本的には重度の暴行までは了解しておらず、かといって止めれば石和の矛先《ほこさき》が自分に向く可能性もあった。現場の緊張感は次第に高まっていった。

その状況で、北条がヤキを入れれば素直になるのではと提案し、石和もそれを受け入れた。煙草の火を利用し相手に火傷《やけど》を負わせる行為は、被害者に一生消えない傷痕を残すが、重篤《じゅうとく》な結果を引き起こすことはない。グループのほかのメンバーも北条の提案に賛意を示した。

石和が煙草を取り出し、北条がそれに火をつけた。火のついた煙草を小佐内の眼球のすぐそばに持っていき、脅迫を加えた後、石和はその火を小佐内のどこに押し当てるか検討した。

5

資材搬入口、足元の採光窓、事務所やトイレの窓、それにもちろん正面玄関まで見てまわったけれど、どこも開いていなかったし、割れた窓もなかった。この敷地には他にも建物はいろいろある。小佐内さんを縛って放り込んでおくだけなら、テニスコートに併設された小さな資材置き場でも充分だ。手分けした方がいいだろうか、でもそれじゃあ二人で来た意味がない。

そんなふうに思いはじめたところで、階段が見えた。体育館の外壁に取りつけられた上り階段。

「この階段は……」

「二階のキャットウォークに繋がってるんだろうな」

もちろん調べる。階段の上り口にはチェーンが張ってあったけれど、跨ぎ越える障害にもならない。途中まで上って、ぼくはしゃがみこんだ。

「どうした」

「ロリポップの包み紙だ……」

ちなみにコーラ味のものだった。

几帳面に四つ折りにされていたそれを開き、裏面を指で撫でる。

「……まだべたついてる」

ぼくと健吾は顔を見合わせ、どちらともなくこれまでより早足に階段を上がっていく。上った所には鉄の扉があった。開くかどうか、試すまでもなかった。迂闊《うかつ》な誘拐犯もいたものだ。

扉はほんの少し、開いていた。

ノブに手をかけ、健吾に目で問う。

健吾が小さく頷く。ぼくは鉄扉を押し開ける。

何となく身を低くして、ぼくと健吾は体育館に侵入した。

そこは健吾の言った通り、キャットウォークだった。古びたバスケットゴールが足元にぶら下がっている。汚れたガラスから昼の光が差し込むけれど、外はどんよりとした曇り空。取り壊しを待つ体育館の中は、陰鬱な雰囲気に満ちていた。締め切られて熱気が籠《こも》り、淀《よど》んだ空気は何と言っても埃《ほこり》くさい。くしゃみが出そうになって、ぼくははっと鼻を押さえた。

折れるんじゃないかと不安な手すりには近寄らずに、一階を覗き込む。人の姿はなかった。

が、

「常悟朗」

呼びかける健吾を、ぼくは手で制した。

聞こえる。声だ。甲高《かんだか》い声。わめいているような、叫んでいるような。あるいは、悲鳴?

「……聞こえる?」

「ああ。女の声か?」

小佐内さんの声……、いや、断定はできない。大体、遠い声で人を聞き分けるのは困難だ。

「どうする」

「ここまで来たんだ。小佐内さんの顔を見てから通報しよう。ぼくが先に行く。健吾は後ろを警戒してくれ」

埃の積もったキャットウォークを、声の方にこそこそと進んでいく。忍び足で、しかし小走りに。

体育館の前面、エントランスホールの真上に当たる場所に、横開きの鉄扉で区切られた部屋があった。残っていたプラスティックプレートには、「格技室」とある。声はそこから聞こえていた。ここまで近づくと、それが悲鳴ではなく、罵声《ばせい》だということがわかる。

「いつまでもウソついてんじゃねーよ、あ？　おめーなんだろ？　黙ってんなよコラ馬鹿にしてんのか？」

乱暴な言葉に辟易《へきえき》しながら、扉に張りつく。ぼくは片膝をつき、健吾はぼくの頭の上に顔を突き出す。そして鉄扉に手をかけると、ぼくは右に、健吾は左にそれをそっと開いた。

広いスペースの半分は畳が敷かれ、もう半分は板張りだった。畳の方は柔道用だろう。その畳の方に人影が固まっていた。一人、二人、三人、四人、五人。そしてまだ罵声を上げ続ける女の前で椅子に縛りつけられているのは……、小佐内さん！

白いシャツに紺色のスカートというまるで船戸高校の夏服のような服装をしている。パイプ椅子に座って、白いビニール紐で縛られている。うなだれていて顔はほとんど見えないが、尼そぎの髪型といい小学生みたいな小柄な体つきといい、小佐内ゆきに間違いない。

誘拐グループは、五人。思ったより多い。見たところ、全員女だ。そして若い。せいぜい大学生、恐らくはぼくたちと同じ高校生。その姿を見て、ぼくは一瞬で納得した。

（やっぱり……）

この一件は、普通の誘拐事件ではない。何よりおかしいのはその身代金の額だ。いまのご時世、中の上程度の生活水準にあるご家庭の一人娘を誘拐して身代金が五百万ということはない。

もちろん小銭ではない、ぼくが目にしたこともないような大金であることは間違いないけれど、誘拐という重犯罪で得ようとするにはままごとみたいな額だ。

このリスクとリターンのアンバランスを解釈するには、犯人の知能程度を低く見積もるより他にない。それも、単に衝動的とか短絡的とかいうのではなく、普段からルールを逸脱しているがゆえに自分の行為が重犯罪であることに気づかないような連中の仕業。もっと言うと、悪ノリが過ぎる連中がやったことではないかと考えていた。

しかし犯人グループがどんな相手であれ、誘拐は誘拐。小佐内さんが危険であることにも変わりはない。ぼくは健吾に合図してその場を離れた。キャットウォークを通っていったん外に出て、迷わずケータイを取り出した。

かけるのは、『小佐内ゆき　自宅』。コール音が鳴る。三回、五回、十回……。待たされるな、と思い始めたところで、緊迫した声が電話に出た。

『はい、小佐内です』

女の人の声だった。が、気のせいだろうか。さっき話した小佐内さんの母の声とは少し違うような。警察官が代わりに電話を取ったのか、と思うのは穿《うが》ちすぎかもしれないけれど。

「もしもし。小佐内さんのお宅ですね？　さっきお邪魔した小鳩です。ゆきさんを見つけました」

『えっ』

「南部体育館です。閉鎖されている南部体育館の、二階。犯人グループは高校生ぐらいの女子五人です。警察はそこにいますか」

『もしもし』

話者は替わっていないけれど、いきなり声色が硬くなった。

『君は誰？　いまの話は本当なの？』

「ぼくは小鳩。小鳩常悟朗。小佐内ゆきさんの友人です。小佐内さんのお母さんに確認してください。思い当たることがあって、小佐内さんを捜したんです。小佐内さんはいま、縛り上げられて犯人グループに囲まれています。早く来てください」

『南部体育館ね』

「そうです」

『わかりました。五分で行きます』

「よろしくおねがいします」

ホールド。

ぼくは、深い深い溜息を吐く。

「……き、緊張した……」

いまのは絶対一般人じゃなかった。ぼくは中学生だった頃、いろんなことに余計なくちばしを突っ込んでいた。その中で警察署に電話したことはあったけれど、捜査官と思しき人と話したのはさすがに初めてだ。一瞬で気《け》おされてしまった。もしいまのが捜査官でなく、本当に小佐内さん母だったとしたら、それこそ小佐内さん並みの豹変だ。

とにかく、これで事件は終わったも同然だ。片がつくのはそれこそ時間の問題。ぼくは健吾に軽く頭を下げた。

「世話になったね、健吾。これでもう大丈夫だ。まったく、なかなかヘビーな話だったよ今回は」

しかし健吾は、にこりともしなかった。それどころかかえって険しい表情で、ぼそりと言った。

「常悟朗。大声上げてる女を見たな」

「ん？　ああ、見たよ」

「あれは石和だ。間違いない。石和馳美だ」

石和、と言うと……。

ぼくが思い出すよりも早く、健吾が説明する。

「川俣さなえは憶えてるか。俺が余計な世話を焼いた相手だ。石和は川俣が引っ張り込まれてるグループのリーダーだよ」

さすがに面食らった。ここでそんな話が出てくるとは思わなかった。

「本当に？」

重々しい頷きが返ってくる。ぼくはまず、なぜその石和馳美が小佐内さんを誘拐したのか考えた。が、すぐにそれよりも重大なことに気がついた。

「じゃあ、川俣さなえもあの中に？　健吾の彼女のお姉さんなんだろ？　あと五分で警察が来る、引っ張られるよ！」

「川俣は別に彼女じゃない。それと、そのことは大丈夫だ。今日は来てないようだった。それより……」

健吾はいきなり踵を返し、鉄扉のノブを握った。

「心配だ。聞いた話じゃ、石和はかなりキレたやつだ。さっきの様子じゃ、小佐内に何するかわかったもんじゃない。戻ろう」

異論はなかった。

「わかった」

ぼくと健吾はもう一度体育館に突入する。

さっきほどには足音に気を遣わず、ほとんど走るように格技室の扉の前まで戻る。さっき開けっ放しにしていた扉の隙間から、中の様子を窺う。

「……！」

戻ってきてよかった！

罵声を浴びせていた女、石和が右手の親指と人差し指で煙草を摘《つま》んでいる。小佐内さんの後ろには別の女が二人まわって、一人が体を押さえつけ、もう一人が小佐内さんのシャツの右袖をまくっていた。さも愉快そうに石和が笑う。

「あたしってやっぱ優しいよね！　顔はやめてやろうってんだからさ。どうよ、詫び入れる気になった？　まーでも、いまさらやめる気はないけどね！」

煙草の火が、小佐内さんの白い右腕に近づいていく。あれは脅しじゃない、やる気だ！

「いくぞ常悟朗」

健吾が声をかける。言われるまでもない。扉に手をかけて……。

「あの！」

大声を上げたのは、小佐内さんだった。うなだれていた顔をきっと上げて、石和を射すくめるような目で睨みつつ、口許は笑っていた。

あれは……。あの、どこか酷薄な笑みは。

中学時代は、何度か見た。しかし高校に入ってからは、『タルト事件』の際にたった一度、見たことがあるきり。嘲《あざけ》っているのではなく、ふてぶてしいのでもなく、暗い悦《よろこ》びを感じさせる薄い笑み。

縛り上げられながら、いまの小佐内さんは小市民ではなかった。……『狼』の、小佐内ゆき。

突然声を張り上げた犠牲者に、面食らったように石和の手が止まる。ついでにぼくと健吾の手も止まった。小佐内さんはすらすらと述べた。

「石和さん。びんた五回、パンチが肩に一回、腕に一回、とっても痛かったみぞおちへの二回。脛《すね》を蹴ったのが二回。脛を蹴ろうとして膝に当たってかっくんってなったのが一回。それから痛いって言ったのに髪の毛をぎゅうぎゅう引っ張ったのが一回。それから後ろの人。北条さん。逃げられないことがわかってるのに、縛ろうって言い出した。きつく縛りすぎで、わたし何だかいま、指の感覚がないの。

でも、それはいいの。痛かったけど、いいの。ちょっと口の中切っちゃったけど、でもいいの。気にしてないから、気にしないで。

けど、そんなもの押しつけられたら、火傷が残っちゃうでしょ。そんなことになったら、どうなるか、ねえ、わかる？」

「あ？　何言ってんだ、お前大丈夫か？」

さすがに石和は怯《ひる》みはしなかったが、あきれたように言うと手の煙草を一口吸った。

小佐内さんは、まるでお天気の話でもするようにさらりと言った。

「そんなことになったら、わたし、その痕を見るたびに思い出しちゃうと思うの。石和さん、あなたのこと」

前に立つ三人それぞれに視線を巡らせつつ、後ろの二人には軽くそちらを振り向きながら、

「それから北条さん。上野《うえの》さん。早田《そうだ》さん。林《はやし》さん。……忘れられなくなっちゃうと思うの」

名指しされ、明らかに二人ほど動揺した。人を一人攫っておいて、ろくな覚悟もないやつが

交じっていたらしい。

石和は、小佐内さんに煙を吹きかけた。

「忘れない？　は？　だから？」

石和さんと言ったね。「だから」の後を、小佐内さんは言わないだろう。だけどぼくは知っている。小佐内さんに焼印を押すようなことをすれば、小佐内さんは間違いなくあなたをずっと忘れない。

そんなことになれば、あなたは何をされるか、わかったもんじゃないのだよ。

「馬鹿にしてくれるじゃん。あんたが憶えてたから何だって？　いいよ、もっと憶えやすくしてあげる。首なんてどうよ？」

煙草を再度持ち上げる。ゆっくりと火が近づいていく。小佐内さんはさすがに身をよじる。後ろから押さえつけている女二人は、あまり力を込めてはいないようだ。小佐内さんの上体は左右に大きく揺れ、パイプ椅子が軋《きし》む。

「動くなよ！　目に入れるぞ！　別にそれでもいいけどな！」

よくない。

「その辺にしておけ馬鹿野郎」

がらりと音を立てて鉄扉を左右に押し開き、啖呵《たんか》を切った。

健吾が。

しまった出遅れた。ぼくはリノリウムに片膝をついて、たったいま扉を開いた健吾を下から見上げる。視線を前に戻すと小佐内さんと目が合った。

「……」

何となく片手を挙げて挨拶する。

思わぬ闖入者《ちんにゅうしゃ》に、誘拐犯たちは凍りつく。仕方がないのでぼくも言う。

「これ以上罪を重ねるんじゃない」

ああ、何か失敗した。口上《こうじょう》としてはいまいちどころか、かなり駄目だ。月並みすぎる。折角ならイマカラデモオソクナイカラゲンタイニカエレぐらいは言っておけばよかった。

「何だおめーら」

小佐内さんの知り合い、と答えちゃまずいだろうな、やっぱり。そう返事したら、小佐内さんを人質《ひとじち》に取られてしまう。なのでこう答えた。

「通りすがり」

ついでに健吾が余計なことを言わないよう、人差し指を立ててぼくの頭上の健吾を指す。

「こいつも」

石和が、そしてそれ以外の四人も、ぼくたちの方に向き直った。

「カンケーねーなら引っ込んでな。これはあたしらの話し合いなんだよ」

「話し合いだと?」

健吾が声にドスを利かせる。高校生の堂島健吾がこういう声を出すのは、初めて聞いた。

ぱしん、と右手を左手に打ちつけ、健吾は言い放った。

「……笑えんな」

ぼくも笑えない。健吾、相手は五人で、ぼくたちは二人なんだけどな……。

――小佐内ゆきの友人である小鳩常悟朗からの通報を受け、まず最寄りの材木町交番から警官二名が南部体育館に急行した。警官は閉鎖された体育館への侵入に手間取ったが、通報から十一分で現場に到着した。

現場では通報者小鳩と、小鳩の友人堂島健吾が犯行グループと揉み合いになっていた。石和馳美は手にナイフを持っていたため、その場で取り押さえられた。堂島が石和のナイフによって左手の指を切られており、病院に移送。全治三日と診断された。その他には顔などを殴られた者がいたが、いずれも軽傷。被害者である小佐内ゆきは無事に保護された。

拉致を直接実行した三人、監禁に加わった二人の計五人が逮捕。石和馳美に薬物乱用の前歴があることから、その方面でも追及が行われることとなった。

警察はいち早く小佐内の監禁場所をつきとめた通報者小鳩に疑いの目を向けたが、被害者小佐内が積極的に小鳩を庇う発言をしたこと、小鳩の携帯電話に小佐内の主張した通りのメールが残されていたことから、疑いは晴れた。

小佐内にはその場で簡単な事情聴取が行われたが、本格的な聴取は本人のショックを考え翌日以降に行うこととされた。小佐内は自力で帰宅できると主張したが、警察は彼女を自宅まで送り届けるまでが責務であるとしてそれを却下した。

事件は解決した。

6

風が出てきた。

ずっと垂れ込めていた雲も、ようやく吹き払われ始めた。西の方から晴れ間が覗いていく。健吾は病院に連れて行かれてしまった。誰がどう見たってかすり傷だったけれど、まあ警官の目の前で切られたんだから、事件として扱うのに診断書がいるのだろう。ともかくぼくが無理矢理付き合わせた話で怪我をさせてしまったことは間違いなく、後でもう一度ちゃんとお礼を言わないといけないだろう。

小佐内さんは、警察の車で送られるらしい。まずは家族との再会、というわけだ。もちろんその後は事情聴取があるのだろうけれど、さっき漏《も》れ聞いた話では本人の精神的ダメージを考えて、本格的な聴取は明日以降になるらしい。

ケータイを片手に、小佐内さんは通話している。ご家族に連絡しているのだ。

「うん。無事。怪我、ない。……警察の人、親切だった。明日、事情を聞きたいって。……ごめん、ゆっくり帰る」

なぜカタコトになる？

通話を切ると、小佐内さんはぼくを振り返り、痛ましそうに言った。

「小鳩くん、痛くない？　大丈夫？」

警察が来るまでの立ちまわり、ぼくは隅っこで見ていますというわけにはいかなかった。健吾と石和の取っ組み合いに他の四人が余計な茶々を入れないよう手当たり次第に突き飛ばしまくっていただけだけど、それでも肘《ひじ》打ちを左目の下にもらっていた。その瞬間はくらくらしたけれど、頬骨の上だったので特に怪我はない。まだちょっと痛いけど、

「いいや、全然痛くないよ」

このぐらいはまあ、ごく普通の見栄だろう。

「小佐内さんこそ大丈夫？　結構小突かれたみたいだったけど」

びんたが……、何回だっけ。髪の毛を引っ張られたのが一回だったのは憶えている。小佐内さんは恥ずかしそうに視線を逸らした。

「やっぱり、聞いてた……？」

「うん」

「ほんとは、あちこち痛いの。あの人、手加減なしにお腹殴るんだもん」

くちびるを尖らせる。

その言い方が面白くて、ぼくは笑った。誘拐されて殴られて、さぞやどろどろとした恨みをつのらせただろうと思っていたけれど、後にはまるで引きずっていないようだ。

どうして小佐内さんは、今回に限ってこんなに寛大なのかな。もちろん、それは見た目だけのことで本心はまた別かもしれないけど、小佐内さんはいまにも鼻歌でも歌い出しそうなのだ。

その寛大さに、ぼくは理由がつけられるように思う。まだよく考えてはいないけれど、ずっと気になっていることがある。いや、単に小佐内さんは、解放を喜んでいるだけだ。それだけの、単純な理由だ。

警察官が小佐内さんを待っている。ちらりと振り返ってそれを確認し、小佐内さんははにかんだ。

「小鳩くん。来てくれてありがとう。小鳩くんなら、きっと来てくれると思ってた。だからわたし、あの部屋の入口の扉をずっと見てた。そうしたら少しだけ開くのがわかったから、ああ来てくれたんだなって思ったの」

「あんな無謀な啖呵を切ったのは、ぼくがいるのを知ってたからだったんだね」

「躍り込んできてくれるとは思わなかったけど……。時間稼ぎのつもりだったの」

まあ、それはそんなことじゃないかと思っていた。椅子に縛られてうなだれた小佐内さんの視線は前髪に遮《さえぎ》られ読めなかったけど、髪の下からこっちを見ているような気がしていた。いくら怒っても、小佐内さんは無駄な挑発をしたりしないだろうと思っていたのだ。

小佐内さんは紺色のスカートの埃を払い、二、三歩後ずさる。そして、何だろうと戸惑うぼくに、深々と頭を下げた。

「ありがとうございました」

頬をかく。

「ああ……、ええと、どういたしまして」

顔を上げた小佐内さん。そのまま、自分の腹を押さえ、つらそうに顔をしかめた。

「ううっ」

「ど、どうしたの？　殴られたところが痛む？」

「それもあるけど……」

腹を撫でながら、

「お腹、空いた」

ははあ。まあ、昼食抜きだっただろうしね。時刻は三時半。昼には遅く、夕には早い。これから小佐内さんは自宅に帰るのだけど。

なるほど。ぼくが思うに、これはちょっとした気の利いた提案で片がつく。ぼくは笑顔で言った。

「今日は大変だったね。小佐内さんが好きなものを買って、家まで持っていってあげるよ」

「えっ」

手を顔の前で振って、

「い、いいよ、わたし小鳩くんにはお礼しないといけないのに」

遠慮しながら顔はにやけている。こういうときの小佐内さんは、本当にわかりやすいなあ……。いつもこうだといいのに。いや、それじゃあ面白くないかな。

「まあまあ。それはそれ、これはこれということで」

「そう？　じゃあね……」

「〈小佐内スイーツセレクション・夏〉の、次のターゲットにしよう。何だったっけ、次は？」

小佐内さんの表情がきらめいた。情熱の全てを賭けて、ぼくに詰め寄らんばかりに主張する。

「〈ティンカー・リンカー〉のピーチパイ！　白桃を使ってて、とってもとってもおいしいの！」

そしてそのまま、小佐内さんの笑顔は凍りつく。

蒸し暑い夏の日、この瞬間ぼくと小佐内さんの間にしんと冷えた空気が下りてきたのを、ぼくは確かに感じていた。

終章　スイート・メモリー

1

〈小佐内《おさない》スイーツセレクション・夏〉第一位、〈セシリア〉、夏期限定トロピカルパフェ。

誘拐から、二日が経っていた。

〈セシリア〉はあまり新しいとは思えないビルの二階にあって、小さな入口から狭苦しい階段を上っていかなければならなかった。こんなところにいい店があるのかなと不安だったけれど、そこは小佐内さんの見込んだ店、間違いはない。ガラス戸を押し開けると涼しげなカウベルの音色が響き、ついでに本当に涼しい空気も流れてきた。何度味わっても、このひやっとする瞬間は嬉しい。

店はデザインに曲線を多用していて、テーブルは瓢簞《ひょうたん》形だった。メニューを見るとパフェは数種類載っていて、ぼくはまず「セシリア特製ユグドラシルパフェ」のあまりのネーミングに唖然とし、次に夏期限定トロピカルパフェの値段に愕然《がくぜん》とした。ぼくがこれまで自腹で買って食べた、いかなる食べ物よりも高い。

解決祝いに、ここの払いはぼくが持つと言ってしまっている。まずい、そんなに手持ちがあったかな。一つだけ頼んでそれをシェアというわけにはいかないかな。いや、いくらなんでも小佐内さんとパフェを分け合うなんてデンジャラスな、じゃなくてロマンティックな真似はできるはずもない。といってぼくはコーヒーで、というのも懐《ふところ》事情を如実に示して物悲しいし、どうしたものか……。

悩みが顔に出たらしい。小佐内さんが、
「小鳩《こばと》くんの分はわたしがご馳走するね。助けてくれたお礼」
と言ってくれた。すみません。

パフェが来るまで、小佐内さんはケータイをいじっていた。ぼくは窓の外の景色を見ていた。〈セシリア〉は駅の近くの店で、南部体育館からもさほど遠くなかった。駅から伸びる三夜通《さんや》りの「三夜通りまつり」は、もう綺麗に片づけられている。

「お待たせしました、夏期限定トロピカルパフェでございます」
にこやかな声と共にテーブルに置かれたパフェが、これまたぼくの度肝を抜いた。これ、高さが三十センチはあるだろう。逆円錐《ぎゃくえんすい》のパフェグラスに色とりどりのフルーツ、そしてその間を生クリームやヨーグルト、ジュレ、シリアルコーンが埋めている。生クリームとヨーグルトの白、ジュレの赤、カラフルなフルーツとが合計で五つ層を成す中にコーンが垣間見え、縞模様がとても綺麗だ。グラスの縁《ふち》から上には円錐状にクリームが盛られマンゴーやパイナップル、メロン、桃、バナナ、すいかまでがグラスの縁に差し込まれている。クリームの山の頂点には、クラムベリーとブルーベリーが一粒ずつ載っていた。その山の中には、ボール状のアイスクリームが潜んでいるはずだ。しかし小佐内さんはまったく怯《ひる》む様子もなく、嬉々《きき》として長いスプーンを手に取った。早速頂上のクリームを舐め取って、

「すごいでしょ。このパフェをお願いするには、覚悟がいるの。お腹をすかせて、欲求のボルテージを上げて、えいやって頼むの。でないと、残す破目になっちゃう。……この間は大変な一日だったから、自分へのご褒美にするにはちょうどよかったな」

ぼくは昼も食べているし、もともと甘いものに対する欲望は小佐内さんとは比肩《ひけん》するべくもない。食べきれるわけがない……。負けの見え透《す》いている戦いにそれでも挑む戦士の悲壮感を胸に、ぼくもスプーンを取った。ああ、本当に長いな、このスプーン。深いグラスの底まで届くように長くしてあるんだろうな。

「すいかは生クリームに合わないから、先に食べちゃうのがコツ」

と小佐内さんはすいかをつまみ、種もあったろうにぺろりと呑み込んでしまった。

たちまち淀《よど》みなく動き始める小佐内さんのスプーンと、険しい山道は最初から飛ばすわけにはいかないとばかりにのろのろと動くぼくのスプーン。

〈小佐内スイーツセレクション・夏〉で名誉ある首席を占めた夏期限定トロピカルパフェは、もちろんおいしいのだけれど、よくわからないことがある。このパフェのおいしさはフルーツのおいしさとほとんど等価なんじゃないだろうか。生クリームも、アイスクリームも、おいしいけれど目をみはるほどのものじゃない。ということは、おいしいフルーツがあれば家庭でもこれは作れてしまうんじゃないだろうか。

しかしそんなことを口にしたら、たちまち一時間ほどスイーツ講座が開かれてしまいそうなので、ぼくは黙ってひたすら山を崩す作業に没頭する。

小佐内さんは早くもパフェグラスの縁から上の部分を平らげてしまった。そして、ようやくアイスクリームに取り掛かったぼくを上目遣いにちらりと見て、ねだるように言った。

「ねえ、小鳩くん。黙ったままじゃつまらない。何か、話をして」

話か。

いいよ。話そう。スプーンに山盛りに載ったアイスクリームを一気に呑み込む。急に冷やされた喉《のど》が痛むのを無視して、ぼくは話し始める。

「じゃあ、高校二年のこの夏休みがどれほど有意義なものだったかについて、少しだけ。

ぼくの知人、堂島健吾《どうじまけんご》はこの夏休み、余計な世話を焼いていた。川俣《かわまた》さなえという高校二年生が、悪い仲間に引き込まれたというんだ。健吾はそのさなえさんの妹のかすみさんにたらしこまれて、さなえさんをグループから足抜けさせられないかと苦労した。

ところがそのグループのリーダーというのが粗暴な人で、さなえさんは、現代特有の絶望的な孤独感に苛《さいな》まれた末の一縷《いちる》の光として見出したたとえ反社会的であっても友人こそが真実という類《たぐい》の連帯感ではなく、恐怖で縛りつけられていた。健吾はそれに対しては無力だった。あれも苦労性だよ、ほんと。将来人の世話を焼くことを職業にしたら、きっと手を出しすぎて潰れちゃうんだろうね。もっともその性格のおかげでぼくを助けてくれたんだから、悪く言ったらバチが当たるけどね。

ところで、そのリーダーの名前は石和《いさわ》馳美《はせみ》という。

そして小佐内さんを誘拐したグループのリーダーも、石和馳美。ちょっと驚きだね。健吾が関わっていた厄介事の一方の当事者が、小佐内さんを誘拐したなんて。驚くべき偶然だ」

「そうね。この値段でこの品質のメロンが食べられるなんて、ほんと驚き」

小佐内さんはスプーンを置いて、一切れの皮つきメロンに勢いよくかぶりついている。皮まで食べてしまいそうだ。アイスクリームが溶けてしまうと食べにくくなり完食がさらに遠のくので、ぼくもスプーンを取り直しアイスクリームをすくう。

「……このアイスは普通のバニラアイスだよね。アイスそのものはこの間の〈桜庵〉の方が良かったな。

偶然も、なぜそういう偶然が起きたのか考えることはできる。大体今更言うまでもないけど、本当に完全な偶然なんてそうはない。完全な必然がそうそうないようにね。問題は蓋然性《がいぜんせい》だ。健吾と川俣さなえと石和馳美と小佐内さんの間には、何かこうなり得るような共通点が含まれていたかな？

まず、健吾と小佐内さん。これは共に、ぼくの友人だ。

川俣さなえと石和馳美。これは中学時代に悪さをした仲間だ。

川俣さなえと健吾は、川俣かすみを介して関係がある。

後は石和馳美と小佐内さん。川俣さなえも含めてなんだけど、これは鷹羽《たかば》中学の出身という共通点がある。まあ、ぼくもそうなんだけど。

でも、この街に中学校が無数にあるわけじゃないしね。当事者のうち三人が同じ中学の出身だったからって、別に驚くほどのことじゃない。

ただ、ねえ。もう一つ偶然が加わると、どうも驚きってだけで済ますことができないんだ。

性分としてね」

「小市民としての？」

ぼくは苦笑して、かぶりを振った。

「いいや。大体、誘拐だの大立ちまわりだの、今回の一件はとてもじゃないけど小市民的には対応できないよ」

「じゃあ、背を向ければいいいんじゃない？」

「それが、ぼくと小佐内さんの約束だからね。ぼくは小賢《こざか》しい知恵働きで人が隠している裏を読んだりしない。小佐内さんは仕返しを企んで楽しむことをやめる。

だけど、ごめんね、話が途中なんだ。最後まで言わせてよ。あと、あごにクリームついてるよ。

ちょっと疑問に思ってることがあるんだ。〈ベリーベリー〉にフローズンすいかヨーグルトを食べに行った日のこと。あのときはご馳走になったんだった。ぼくはあの日、健吾が残した変なメモをどう読むか考え、それなりに楽しいひと時を過ごしたんだった。

ところであの日、どうして健吾はあそこにいたんだろう。駅前のハンバーガーショップに。

これは健吾がはっきりと言ったよ。薬物乱用グループを見張ってるって。言うまでもないけど、これは石和馳美たちのことだ。

じゃあ、ぼくはなぜあそこにいたのか？　小佐内さんに〈ベリーベリー〉に来るように言われたから、ぼくは駅のそばにいた。小腹がすいたから、ハンバーガーショップに入ったんだ。時間が中途半端で、他にいい店が見つからなかった。これからフローズンすいかヨーグルトを食べようというのに、満腹になるわけにもいかなかったしね。

そこには小佐内さんもいたね。ロッカー風の格好で帽子もかぶって、誰にも小佐内ゆきだってわからないようにして。何で、小佐内さんはあの店にいたんだろう。

あの日のことはよく憶えてる。小佐内さんも知っての通り、ぼくはちょっと記憶力には自信があるんだ。

　ぼくは健吾の残したメモに躍起《やっき》になって、視線をずっと下に落としてた。そしてぼくの隣で、小佐内さんは妙に遠くを見るような目をしていたね。あれは、暗号もどきに嬉々としてるぼくにあきれたのかと思っていたけど、考えてみるとあの店のカウンター席から遠くを見ると、駅前のロータリーが見えるんだよね。健吾が石和馳美たちのグループがいるからと注視していた、ロータリーが。

　小佐内さんは、どうしてあの日、ハンバーガーショップにいたの？」

　小佐内さんは、どうしてコーンフレークをひとかけらずつ食べるの？

　とりわけ大きな一片をスプーンですくい、慎重にバランスを保ちながら口に運んでいる。

……あ、落ちた。手で拾って口に投げ込むと、小佐内さんはちらりとぼくに視線を向けた。

「石和さんとわたしは、顔見知りよ。小鳩くんの言った通り、同じ鷹羽中学の出身だもの。あの子は、悪い子なの。それは知ってた」

　そしてまたスプーンを取り、パフェグラスに深々と差し込む。

「お話、続けて」

「質問に答えてないよ、小佐内さん」

「大丈夫、気にしないから」

　質問したのはぼくなんだけど……。まあ、いいや。ぼくのスプーンもようやくアイスクリームを片づけた。グラスの縁に差し込まれたフルーツを平らげないことにはここから先は食べづらい。まず、すいかに手を伸ばす。種はちゃんと出した。

「じゃあ、お話はいよいよ一昨日のこと。小佐内さん、今日の服は南国風だね。トロピカルパフェに合わせたの?」

鮮やかな花に蝶が戯《たわむ》れている絵が描かれたシャツに、木目のような柄のミディアムスカート。いまは脱いでいるけれど、ニットキャップもかぶっていた。夏なのに。

小佐内さんは嬉しそうに笑う。

「似合う?」

「なかなか」

「嬉しいな」

喜んでもらえて何よりだけれど。

「だけど、この間の誘拐の日のほうが、似合っていたね。似合っていたというより、見慣れていた。あの服は、船戸高校の夏服によく似ていたよ」

「……」

いい加減口の中が甘くなってきた。水を飲む。

「小佐内さんは休日に街を歩くときは、大抵小佐内さんらしくない格好をするんだよね。いや、らしい、って言い方は変かな。街で見かけても、学校での小佐内さんの姿しか知らない場合、すぐには小佐内さんとわからないような服を着ていることが多いんだ。特徴的なのは、帽子だね。帽子を深くかぶってることが多い。

なのに、あの日はかぶってなかった。服も制服風。これはつまり、学校での小佐内さんの姿に近いってことだよ。

もし学校での姿しか知らない人が小佐内さんを捜そうと思っても、いつかのロッカー風じゃ見落とすかもしれない。今日の南国風でもわからないかもしれない。だけど無帽で白シャツ紺スカートの小佐内さんなら、見分けやすいだろうね」

小佐内さんはスプーンを立てた。

「そんな日に拉致《らち》されちゃうなんて、とっても不運だった。帽子はかぶることもある、かぶらないこともある。こういうことがあるから、変装術は大事なの」

「そうだね、不運だった」

ぼくも明日から、誘拐に備えて変装を学んだ方がいいだろうか？

パイナップルをかじる。この舌にちくちくする感じ、あまり好きじゃない。とても甘くておいしいパインだけど、食感ばかりはどうしようもない。

「で、誘拐された小佐内さんは、ぼくにメールを送る。感動的だね、助けを求めるメールを、他の誰でもなくこのぼくに送ってくれたっていうのは。あのメールが一読してすぐにわかるようなものじゃなかったのは、きっと送信後を犯人グループに見られてもＳＯＳメールだってわからないようにするためだね。助けを呼んだことがばれたらひどい目に遭うかもしれないし、どんなに鈍い犯人でも場所を移そうとするだろうしね。

そう思っていたんだけど」

小佐内さんを見据える。……が、小佐内さんはパフェグラス中層のマンゴーを賞味するのに夢中なご様子。思わず、聞いてよ、と言いたくなる。

「……ええと、そう思っていたんだけどね。

南部体育館で車を見つけたとき、ちょっと疑問に思ったんだ。小佐内さんは車で連れ去られたらしい。助手席に雑然とごみが散らばってたってことは、後部座席に乗せられたんだ。で、誘拐した獲物を一人で後部座席に乗せておくってのもおかしな話。一人で乗せたなら、縛り上げないことには安心できないだろう。もし縛られていたなら、とてもメールは送れない。一人じゃなかったなら、つまり誰か隣に乗っていたなら、やっぱりメールは送れない。そして体育館に着いてからは、小佐内さんは本当に縛られていた。

多少の操作なら気づかれずにできたかもしれない。でも、小佐内さんから来たメールはこうなんだ」

ぼくは自分のケータイを操作する。

『ごめんなさい。りんごあめを四つとカヌレを一つ買ってきてください。ごめんなさい』

そのモニタを小佐内さんに向けるけど、小佐内さんはちょっと見ただけで、すぐに手元に目を戻した。

「小佐内さんがぼくに伝えるべきは『りんごあめ四つ、カヌレ一つ』だけでよかった。それなのに、文の前後に六文字ずつ余計な言葉が入ってる。一ヶ所の誤字もなく、句点までしっかり打って、ね。どうもね、誘拐されて移送中に犯人の目を盗んで打った文面としては、いただけない感じがするよ」

「わたし、メールを打つのがとっても速いの。そして石和さんたちはとってもお間抜けだった。それでどう?」

ぼくはかぶりを振った。

「ちょっと信じがたい」

「やっぱり?」

小佐内さんが小首をかしげる。きっと小佐内さんは、ぼくが何にどこまで気づいているのか、気づいている。気づいていて、話させようというのだ。それがどうしてなのかは、ぼくにはわからない。

ただ、先を続けるだけだ。

「そもそも、だ。

小佐内さんはどうして外にいたのか? ぼくが来ると知っていて、一緒にりんごあめを食べに行くと決めていたのに。外出したのは昼前だそうだね。身代金を要求する電話がかかってきたのが一時半すぎ。その間、一時間半ほど。どこで何をしていたんだろう。もちろん、これ単独なら『急な買い物が長引いているんだろう』としか思わない。だけど、その時間帯に誘拐されてることを考えるとちょっと意味深だね。そして、そもそもと言うなら、そもそもどうして小佐内さんはぼくを自宅に招いたのか。三夜通りなら、前は現地集合だったじゃないか？　どうしてぼくは小佐内さんのお宅に招かれて、小佐内さんのお母さんと微妙に気まずい時間を過ごした上……、身代金要求の電話を間接的にとはいえ聞くことになったんだろう？

小佐内さん。……十二時前から一時半まで、どこで何してたの？」

「女の子には」

小佐内さんのパフェグラスは、もう底の方にわずかにクリームとフルーツソースを残すだけになっている。スプーンを操り、それを掻《か》き出しながら呟《つぶや》く。

「秘密があるの」

「その秘密を暴こうっていうんだよ、ぼくは。まあ、あんまり趣味のいい話じゃないけどね」

言ってから気づいたけど、小佐内さんは夏期限定トロピカルパフェを平らげてしまっていた。いくら喋《しゃべ》ってたとはいえ、ぼくがまだ三分の一も食べないうちに。うそだ……。嘘を見抜くのはぼくの得意とするところだけど、この速度と食欲にはどんなトリックが隠されているんだろう？

空になったパフェグラスを、スプーンを片手にじっと覗き込む小佐内さん。そしてぼくの、まだ半分残っているトロピカルパフェに、物欲しそうな流し目をくれる。

「……いる?」

「……さすがに……」

満腹なのか、遠慮なのか。小佐内さんは少し悲しそうにスプーンをパフェグラスに差すと、頬杖をついて微笑《ほほえ》んだ。

「ねえ、お話はまだ続く?」

「お望みなら」

「嘘ばっかり。やめるつもりなんてないくせに」

片手を挙げてウェイトレスを呼ぶと、小佐内さんは紅茶を注文した。遅れを取り戻そうと、ぼくはキウイ、パパイヤを立て続けに平らげ、クリームの海にスプーンを差し込む。その先に、シリアルコーンの手ごたえがあった。

やがて紅茶が出されると、小佐内さんはそれを何度も吹いてから、少しだけ口に含む。顔をしかめて、カップを置く。小佐内さんは猫舌なのだ。

話はまだ終わっていない。

「小佐内さんの行動は、こんなふうにどうにもところどころ納得できない。人と人の繋がりも、どうも何だか素直には呑み込めない。小さな違和感が、あちこちにある。

……だけどね、ぼくはそんなことよりも、ずっと不思議に思っていることがあるんだ。この夏休み……、本当にその初日から、ぼくはずっと不思議に思っていた」

「不思議に？　不満に？」

「どっちだろう。小佐内さん……、きっと小佐内さんはわかっているんだろうね。ぼくが一体、何を不思議に思ったのか」

カップに目を落としたまま、小佐内さんは小さな声で呟いた。

「小鳩くんは、わたしのこと信じてないのね。……ううん、信じてるのかな？」

「信じているんだよ、多分」

「どうしてわたしが小鳩くんをスイーツめぐりに連れ出したのか。小鳩くんが納得できないのは、そこでしょう？」

ぼくは、ゆっくりと頷いた。

夏休み、ぼくと小佐内さんは連絡を取る必要が全くない。なぜならぼくと小佐内さんは互恵《ごけい》関係にあるものの依存関係にはないから。会いたいがゆえに会うという必要がないからだ。小佐内さんが甘いものめぐりをやりたいのであれば、そうすればいいだけのことで、ぼくを誘う必要はない。ぼくはそこのところで、小佐内さんを信じていた。

「小佐内さんは、楽しいからという理由でぼくを誘ったりはしない」

「……」

ティースプーンで紅茶をゆっくりとかき混ぜながら、小佐内さんは少し俯《うつむ》いている。ぼくのパフェはもう時間が経ちすぎた。

「ぼくの自転車の前かごには、まだあの地図があるよ。〈小佐内スイーツセレクション・夏〉が。ぼくが思うに、小佐内さんはあんな言い方をするべきじゃなかった。憶えてるかな。あの地図を渡すとき、小佐内さんはこう言ったよ。『わたしのこの夏の運命を左右する』ってね。

そして、実際、そうなった。あの地図を元にぼくは小佐内さんからのメールを解読し、小佐内さんを助けることができた。

これは偶然なのかな？　まさかね、違うよ。小佐内さんは、夏休みが始まった時点で、〈小佐内スイーツセレクション・夏〉がまさに自分の運命を左右することを知っていたんだ」

小佐内さんは石和馳美と関係があった。一昨日に限って小佐内ゆきだとわかりやすい服を着て、ぼくを呼び出していながら外出し、その結果石和馳美に誘拐されたけれど、本来打てるはずのないSOSメールを送ってきた。そのメールは、夏休みの初めにぼくに渡された地図を元に読み解くものだった。

これらを総合すると、もしやと思える可能性が浮かんでくる。

だけどぼくは、それをあまり信じたくなかった。可哀想な小佐内さんが乱暴な石和馳美に誘拐された、とだけ思っていたかった。

小佐内さんはじっと紅茶を見つめている。冷めるのを待っているのか、それとも手が動かな

いのか。やがて乾いた声で、

「あの地図、わたしすっかり頭に入ってたから。だから助けを呼ぶメールを偽装するとき、あれがまず浮かんだの。それだけなの」

そんなことで言い逃れられるはずがないと、知っているだろうに。

だけどぼくも、そう思いたかった。全ては偶然、たまたま小佐内さんの運が悪かっただけだ、と。実際、不幸な事件に巻き込まれた人の話はよく聞くし、自分が直接それに関わったこともあるけれど、そういう場合は大抵どこかに信じられないような不運が絡んでいるものだったから。

だから、ぼくは訊いたのに。

「だけど、もし本当にそうだったら。あの日、ぼくは別のものを買っていったよ」

「……」

「ぼくは訊いたね。〈小佐内スイーツセレクション・夏〉の、次のターゲットを買ってあげる。次は何だったっけ、って。小佐内さんが次は〈ティンカー・リンカー〉のピーチパイだって言ったから、ぼくはそれを買っていった。だけど、小佐内さん。違うよ。言うまでもなく、次は〈むらまつや〉のりんごあめだった。『三夜通りまつり』の日にしか食べられない、とっても貴重な一品だよ。

小佐内さんが解放されたのは三時半。まだ間に合ったはずだし、間に合わなくてもとりあえずに頼んでみるぐらいはしてもよかった。

なのに、小佐内さんは迷わず、ピーチパイと答えた。どうしてか？」

自分が失言したと、小佐内さんはその場で気づいたはずだ。りんごあめと答えなければカモフラージュできないとすぐに気づいたから、小佐内さんは笑顔を凍りつかせた。

小佐内さんが隠そうとしたこととは、もちろん……。

「小佐内さんは、一昨日の昼前からの外出で、もうりんごあめを食べていたんだね。だから、『次』はピーチパイだった。あの日、ぼくと食べにいく約束をしていたのに、どうしてもうりんごあめを食べていたのか？

小佐内さんは知っていたんだよ。自分がこれから行動を制限されることを。ぼくと一緒にりんごあめを食べに行けなくなる公算が高いことを。〈むらまつや〉が特別出店してる間には解放されないかもしれないと思ったから、先にりんごあめを食べた。石和馳美を待ちながら。

三日前、ぼくに電話をかけて明日一時と約束したときから。〈ベリーベリー〉でロッカー風の格好をして駅前を見張ってたときから。

……夏休みの初日、〈小佐内スイーツセレクション・夏〉をぼくに手渡したときから。

小佐内さんは自分が誘拐されることを、知っていたんだね」

「そう考えると、どうしてぼくが甘いものめぐりに付き合うことになったのか、よくわかる」

その行脚《あんぎゃ》の、恐らく最終章になるだろう夏期限定トロピカルパフェは、なかなか減らない。熟れたマンゴーの濃い甘さが舌に残って、ほとんど鬱陶《うっとう》しくさえある。水を飲む。

「誘拐されることを知っていたから、小佐内さんは手を打った。いざ攫《さら》われても、ほとんど間髪をいれずに救出されるように準備していた。その準備こそが、〈小佐内スイーツセレクション・夏〉だったんだ。

ぼくは小佐内さんに連れられ、あの地図に基づいて木良《きら》市のあちこちを引きまわされた。おいしかったよ、フローズンすいかヨーグルトも、宇治金時も。何より、夏期限定商品じゃなかったみたいだけど、あのシャルロットは絶品だった。

だけど、真の目的はあれら甘いものじゃなかった。

ああやって地図に基づいて行動させることで、〈小佐内スイーツセレクション・夏〉の存在を意識させ、いざというときにすぐにそれが頭に浮かぶようにすること。また、地図そのものも大切に保持させること。SOSメールを送ったはいいけれどぼくが〈小佐内スイーツセレクション・夏〉のことに思い当たらなかったり、なくしていたりしたら計画が台無しだからね。

そのために、小佐内さんはぼくを呼んだ。

見事に教育されたよ、ぼくは。小佐内さんの真意を訝《いぶか》りながらも何度も呼び出しに応じるうちに、〈小佐内スイーツセレクション・夏〉の存在はぼくの脳裏に刻まれたんだ」

小佐内さんの家でシャルロットを食べた日、ぼくのささやかな悪戯《いたずら》を見抜いた小佐内さんは、やけに嬉しそうにぼくに言った。「夏休み、付き合ってね。昨日のランキング、第一位まで、全部まわるから」。笑顔にもなったはずだ。ぼくの自爆で、小佐内さんはぼくを引っ張り出しやすくなったのだから。ぼくがシャルロットを盗まなかったら、小佐内さんはぼくを誘う理由を工面するのに苦労しただろう。

やけに嬉しそうと言えば、フローズンすいかヨーグルトを食べた日に三夜通り〈むらまつや〉のそばを通ったとき、ぼくがここのりんごあめはランキングに入ってなかったかと訊いたときも頬をほころばせていた。ぼくが〈小佐内スイーツセレクション・夏〉に通暁《つうぎよう》しつつあるとすれば、それは小佐内さんにとっては計画が順調であることを示していた。

ハンバーガーショップで健吾の残したメモを読み解くとき、小佐内さんはロータリーを注視しながらも、ぼくを何くれとなく焚《た》きつけた。そして、その解読法に地図が関わっていることがわかった後の、小佐内さんの上機嫌ぶりといったらなかった。それはそうだっただろう。健吾のメモは、図らずも小佐内さんのSOSメール解読の予行演習的な要素を帯びたのだから。あの日、小佐内さんはぼくに『今日は、〈ラロッシュ〉と〈銀扇堂《ぎんせんどう》〉の間にある店に行きます』というメールを送り、自分でも予行演習をしていた。しかし小佐内さんの目の前で同質の暗号を解いたことで、小佐内さんの安心感は一層増したに違いない。

まんまとやられた。その悔しさが、全くないとは言わない。

しかし、ぼくはそんなことよりも、納得のいかない思いでいっぱいだった。

「だけど、小佐内さん。疑問が残るんだ。どうしてもわからない」

小佐内さんは延々と紅茶をかき混ぜている。砂糖もミルクも入っていないのに。ぼくの視線も下がっていく。小佐内さんの顔を見るのがつらい。

「どうして言ってくれなかった？　何で、こんな手を使った？　言ってくれればよかったのに。昔の因縁で狙われてる、誘拐されるかもしれないからそのときは助けて、と。ぼくは衝動を抑えきれない面があるけれど、石頭じゃない。言ってくれれば、小佐内さんが望むような方法でいくらでも助けてあげられた。実際、一昨日だって助けに行くまでにはタイムラグがあった。もう少し遅れていたら、石和馳美は本当に小佐内さんに煙草を押し当てただろうし、もしぼくが解読を間違えればそれどころじゃ済まなくなる可能性もあった。そうなったとき自分がどうなるか考えなかったの？　ぼくがどんな気分になるか、考えなかったの？

そんな危険を冒してまで、どうしてぼくに黙っていたのさ」

紅茶をかき混ぜる手が止まった。ぽつりと、

「ごめんね」

の一言。

ぼくはその先を待った。口を閉じて、じっと。小佐内さんは紅茶の琥珀《こはく》の水面を見つめたまま、何も言わない。

沈黙は長かった。

……やがて、ぽつり、ぽつりと言葉が発せられる。

「ごめんね。ほとんど、小鳩くんの言う通り。わたし、りんごあめを食べた。石和さんは乱暴だから、夏休みが始まる前から、石和さんに拉致されそうだってわかってた。だから、小鳩くんに助けてもらおうってそうなったらとっても痛い思いをするってわかってた。だから、小鳩くんに助けてもらおうって思ったの。

だけど、小鳩くんを巻き込みたくなかった。わたしが話せば、小鳩くんはひょっとして、石和さんたちのことを調べちゃうんじゃないかなって思ったの。もしそんなことをしたら、そして気づかれたりしたら、わたしより先に小鳩くんの方がひどい目に遭っちゃう。そう思って……。それで小鳩くんを傷つけちゃったなら、ごめん……」

……ぼくは、そんなことはしないのに。ぼくは裏がありそうな状況があればその裏を読みたがるけど、あくせくと相手のことを調べまわったりはしない。それは小佐内さんの方が得意だ。小佐内さんは自分がそういうことをしそうだから、ぼくもやりかねないと思ったのだろうか。

「堂島くんも来てくれるんじゃないかって思ってた。小鳩くんは、きっと一人では来ないって。臆病だからじゃなく、一人じゃ目的を果たせないって判断して、誰かに助けを求めるって。そのとき、小鳩くんが頼れるのは、結局堂島くんしかいないんじゃないかなって思ってた。ほら、去年の『タルト事件』のときも、堂島くんと来てくれたでしょう？　だから……。

その通りになったけど、でもまさか喧嘩《けんか》になるなんて。小鳩くんも、堂島くんも危ない目に遭わせちゃったの。堂島くんは怪我までして、小鳩くんも痛い思いして。そのことも、ちゃんと謝りたい……」

「それは、別にいいよ」

健吾の怪我は皮一枚切っただけだし、ぼくも顔のどっち側をやられたのかもう自分でもわからなくなっている。気にするほどのことではなかった。石和馳美たちが小佐内さんを誘拐しようと目論《もくろ》む以上、どちらにしても多少の物理的トラブルは避けがたいものだったのだし。

「……小佐内さんと石和馳美の間に何があったか、教えてくれる？」

教えてもらってもいいだろうと思って訊いたのだけれど、小佐内さんはかぶりを振った。

「ごめんね、あんまり、話したくないの。前の話だから……」

もちろん、遠因は中学時代にあるのだろう。小市民を名乗って以降の小佐内さんが、薬物乱用グループと事を構えるようなことになるとは思えない。そして以前のことは、確かにお互いあまり話さない。ろくな思い出ではないことを、よく知っているからだ。拒《こば》まれれば、無理にとは言えなかった。

小佐内さんの言い分はわかった。

わだかまりがないわけじゃない。だけど、いいように操られてしまったぼくだけど、ぼくは自分が案外穏やかな気持ちでいることに気がついた。いや、むしろ嬉しいような気持ちですらある。

夏休み中、幾度となく覚えた違和感の数々。ぼくの知る小佐内ゆきであればそうはしないだろうという行動が、ぼくは小佐内ゆきを大きく誤解していたのではという不安を招いていた。それらが整理され、誘拐への防衛策であることが推理され、本人もそれを認めたいま、ぼくはやっぱり小佐内さんのことを諒解《りょうかい》できていたんだと思えた。

もちろん、この少々エキセントリックな女の子の全てを理解したとは思わない。けれど、彼女はやっぱり『狼』だった。ぼくは笑顔になった。

いいよ。小佐内さんが無事でよかった。それが何よりだよ。

……そう言おうとした。

しかし、ぼくはそれを言えなかった。

2

ぼくは、何が問題であるかを認識する能力はあまり高くない。これは嘘ですがどこがどう嘘なのでしょう、と問われたらお手のものだけど、嘘であることを隠されたまま提示されると案外弱い。

ただそれでも、違和感は残る。どうもおかしい、納得できないという思いが胸に溜まる。これはほとんど直感に属するものだけれど、なかなかどうして馬鹿にはならない。たったいま小佐内さんは自分が誘拐されることを知っていたと看破したのも、元はといえばこの直感と、それに基づいた〈小佐内スイーツセレクション・夏〉に事寄せたかまかけが出発点だ。

そしてその直感は、いま再び、何かがおかしいと告げていた。和解の言葉を言いかけて半開きになった口を閉じる。少し涙目の小佐内さんが、小首をかしげてぼくを見る。

「どうしたの？」

「いや……」

「そうだよね、許せないよね。やっぱり、最初から小鳩くんに相談すればよかったかもしれないね」

小佐内さんの声が遠くに聞こえる。ぼくの意識は拡散する。

……事実関係として明らかに不思議なのは、この一点。小佐内さんはどうして、自分が誘拐されることを知っていたのか。

いや……。違う、どのように知ったのか、だ。

街を行く小佐内さん。もちろん変装中。ふと見たことのある顔を見つけて忍び寄る。聞き耳を立てると、何と自分の誘拐計画ではないか。これは困ったと悩んだ小佐内さんは計画を立て、〈小佐内スイーツセレクション・夏〉を書き上げぼくを教育する。

都合がよすぎる話だが、これはまあ、ないわけではない。しかし、その先がある。小佐内さんは石和馳美たちの誘拐計画を把握したのみならず、その決行日時まで知っていた。少なくとも、三日前の段階で。そうでなければ、ぼくを呼び出せない。折角教育した救出役が、いざ決行のその日に温泉に浸《つ》かりにでも行っていたというのではお笑い種《ぐさ》だ。サブの救出役を用意していたとは考えられない。小佐内さんは三日前、ぼくに電話をかけてきた。明日の一時ね、とくどいぐらいに念を押してきた。この一事から、小佐内さんはかなり正確にグループ内の動向を摑んでいたことがわかる。

街角で立ち聞きコースでは、そこまで知ることはできない。

しかしこれは本質的な問題だろうか。いずれにしても小佐内さんは何らかの手段で誘拐計画の存在を予見しなければならない。その情報源がどんなものであろうとも、それは小佐内さんが誘拐に対し防衛策を講じたという全体像を揺るがすほどの発見だろうか。

そうではない、ように思える。一見。しかし腑に落ちない感じは消えない。

構図は矛盾していない……。ならばなぜ、こんなに変だと思っているのだろう。

顔を上げる。黙りこくったぼくを、どこか冷めた目で見ている小佐内さん。

（……そうか）

解決に到る道は、そこにある。

ぼくが思うに、これは小佐内さんを信じ抜くことで片がつくだろう。

小佐内さんがぼくの知るように『狼』であることが再度認識された以上、ぼくは小佐内さんがぼくの知るような人であることを信じられる。自分に問う。

Q．小佐内さんは、薬物乱用グループに恨みを買うような人か？

A．Yes．いまはともかく、少なくとも過去にはそういうこともあっただろう。

Q．では、小佐内さんはそのグループの情報を継続的に得られるような仕組みを作り上げられるだろうか？

A．Yes．小佐内さんの行動力は折紙つきだ。ぼくがつける。造作もないことだろう。

Q．では、石和馳美たちの害意を知った小佐内さんは、それに対して防衛策を講じるだろうか？

A．……No．

それは違う。

小佐内さんが愛しているのは「復讐」。やられたらより強烈にやり返さずにはいられないのが、ぼくの知る小佐内ゆき。相手の計画を見切っていて、助けを呼ぶ手段を確保するだけということは、ない。どこまでも小佐内さんを信じるとするならば、そんなことはありえない。

Q．では、小佐内さんが石和馳美たちに復讐するとして、それはこれからだろうか。それとも、もう果たされているだろうか？

「……」

なるほど。そういうことになるか。……やっぱり、もう一枚裏があった。

さすがに小佐内さんだ、一筋縄ではいかない。うっかり「ごめんね」を信じてしまうところだった。いや、小佐内さんが負い目を感じていないとは思わない。だけど小佐内さんは、「小佐内さんは誘拐の事実をあらかじめ知っており、誘拐されてもすぐに救出されるよう策を立てていた」というところまでぼくの考えを止めるために、殊勝な言葉を述べたのだ。

満足感を胸に、ぼくは呼びかける。

「小佐内さん」

かたん、と硬質の音。小佐内さんが、紅茶のカップをソーサーに置いた。表情が消えていた。さっきまでの、心ならずも利用したぼくに顔向けができないといった雰囲気は、綺麗に拭《ぬぐ》い取られている。底知れない、冷ややかな視線がぼくを見つめる。ぼくは身震いする。その視線に射すくめられて。いや、違う。武者震いだろう。これからが、本番だ。

しかし穏やかな声で、小佐内さんは言った。

「なあに?」

さて。

「いま、ちょっと、いろいろ考えてたんだ。小佐内さんのこと。小佐内さんが石和馳美たちの誘拐計画を知っていた、ということについて。考え直してた。

小佐内さんの行動力には、ぼくは舌を巻くよ。ぼくはどっちかと言うと座り込んで考えてる方が性に合うから、小佐内さんにはしょっちゅうかなわないなと思わされる」

無表情のまま、小佐内さんは自分の頭を抱えて少し左右に振った。何をしてるんだ、と一瞬思ったけど、どうやら照れてますというボディーランゲージらしい。スルーする。

「だけど、その小佐内さんをもってしても、石和たちのグループの内情を一人で逐一把握できるとは、とても思えない。何せ小佐内さんは、この夏休みの昼の間はしょっちゅう、ぼくと甘いものめぐりに出かけていたしね。それなのに、小佐内さんは誘拐計画の動向を把握していた。決行日時まで、完璧にね。これは何を意味するのか?

……内通者だ。小佐内さんは、石和たちの中に、自分に情報を流してくれる内通者を持っていたんだ。

盗聴とかも考えたんだけどね。でも昼間に情報を集められないのは結局同じだし、それに夜の間にしても小佐内さんが盗聴電波を拾いに夜歩きしてたって話は聞かなかった。ぼくが小佐内さんの家で聞いたのは、この夏休み、小佐内さんが夜中電話することが増えたってことだよ」

ほんの少し、小佐内さんの口許に笑みらしきものが形作られた気がした。的外れだよという嘲笑《ちょうしょう》か、方向はあってるよという励ましか。ぼくはくちびるを舐める。

「さっきも言ったけど、そしてあんまり何度も言うことじゃないけど、ぼくは小佐内さんを信じている。自分が小佐内さんのことを知っていると信じている。すると、どうなるだろう。内通者を得た小佐内さんが、自分に危害を加えようとしている石和馳美に対し、単に防衛策としてぼくを教育するだけというのはありえない。必ず、カウンターを考える。違うかな？

じゃあ、小佐内さんが誘拐されぼくと健吾がそれを助けた結果、石和馳美はどうなったかというと。……彼女は警察に連れて行かれた。補導じゃない。まず逮捕だろう。警官の目の前で刃物を抜き、高校生男子に怪我を負わせた。言うに及ばないような軽傷だったけど、その事実はある。そして恐らく、薬物乱用についても追及を受けるだろう。前にやってるしね。

そしてもちろん、一番大きいのは誘拐だ。傷害が軽微な犯罪とは言わないけど、誘拐は桁《けた》が違う。穏当な処分では済まないよ。検察官送致まではいかないと思うけど、保護観察で済むとは思えない。となると、しばらくは少年院。

これなら、小佐内さんも満足したんじゃないかな。

何より、解放された後の小佐内さんは、一仕事終えたように晴れやかだったよ。自分じゃ気づいてないだろうけどね、これからお楽しみの復讐タイムというときの小佐内さんはあんなじゃない。もっと、暗い悦《よろこ》びに浸るようなんだ。

ということは……。

石和馳美が誘拐の首謀者として逮捕、処罰されることが小佐内さんの最終目的だったと考えられるので……」

ぼくは自分がほんの少しだけ笑うのを感じる。

「……誘拐計画そのものが小佐内さんの誘導によるものだった、ということになる」

小佐内さんの表情を見つめる。

「内通者を使って、グループの中に小佐内ゆき誘拐計画を浸透させる。決行日時もコントロールする。救出者も用意しておく。後は石和馳美たちが逮捕され、小佐内さんは大満足。〈セシリア〉の夏期限定トロピカルパフェで祝杯を挙げてご満悦。こんなところじゃなかったかな」

さあ、どうだ。

犯人を目の前に推理の当否を問う瞬間。何度迎えても、このときばかりは息が止まる。取り乱されたり、怒り出されたり、いきなり泣かれたこともあった。ほんの数回だけど、心の底から「何を言ってるんだ?」と言われたこともある。小佐内さんは?

……小佐内さんは、ふっと、浅い溜息をついた。ゆっくりとした動作で、ほんの少しだけ紅茶を口に含む。ぼくの顔を見据えると、ほんのりと笑った。

「さすがに、小鳩くん。伊達に『小市民』なんておこがましいスローガンを掲げてない」

「……」

「誘拐事件を解決しただけで、満足してくれるんじゃないかって思ってた。不思議なメールを送って、おいで、キャンディーをあげるって誘ってあげれば、乗り気になってくれることはわかってた。だけどメールを解読して、そして現場に踏み込めば、おなか一杯になってくれるんじゃないかって思ってたの。

だけど、それは大きな勘違い。わたし、小鳩くんがわたしを信じてくれたほどには、小鳩くんを信じてあげられなかったのかな？」

呟くように言うと、小佐内さんはケータイを取り出す。

「他の人だったら、こんなところまで見抜かれなかったのにね。小鳩くんはすごいって、わたしもずっと思ってる。じっと考えを突き詰めることでは、わたし絶対に小鳩くんにかなわない」

「じゃあ、認めてくれるんだね。石和馳美に小佐内さんを誘拐させたのは、小佐内さんだってことを」

当然、頷くものと思っていた。

しかし小佐内さんは不思議な微笑を浮かべたまま、ほんの僅かにだけれど、首を横に振ったのだ。

「えっ」

……違う？

「だけど小鳩くんは、神様じゃないもの。いい線を突いてる。本当に、いい線突いてるの。……ゲストを紹介するね。ちょっと、待ってて」

小佐内さんは変わらず穏やかにそういうと、電話をかけた。ぼくはただ成り行きを見守るしかない。小佐内さんはケータイにたった一言、

「いいわ。入ってきて」

ほとんどすぐに、〈セシリア〉のガラス戸が開かれる。ウェイトレスの明るい声が、ぼくたち二人しか客のいなかった店内に響く。

「いらっしゃいませ！」

立っていたのは、女の子が一人。黒いジーンズに、「NO RIGHTS」と書かれたシャツを着ている。無権利？　髪は派手に脱色しているが、顔立ちはかなりおとなしめ。年頃はぼくたちと同じぐらい。……見覚えは、なかった。

その娘は、まっすぐぼくたちの席までやって来るとちらりとぼくを見て、ぼくの前のパフェグラスを見て、それから傲然《ごうぜん》と小佐内さんを見下ろした。

「こいつが、やばいやつなの？」

ぼくを指さして言う。初対面の人間を指さすとは随分と失礼だ。小佐内さんは妙に事務的というか、素《そ》っ気《け》ない口振りになった。

「そう。でも、もう話はついたの」

「あっそ。ならいいけど」

ちょっと指を動かし、小佐内さんはぼくを示す。

「紹介するね。私の知り合いの、小鳩くん。今回の計画でいろいろと迷惑をかけたの」

そして目をぼくに向けると、短く言った。

「小鳩くん。この人が、川俣さん」

川俣？

……川俣さなえか！　健吾が、石和馳美から引き離そうとした女子生徒。健吾の説得をすげなく断った、その彼女が小佐内さんと。健吾と川俣、川俣と石和、石和と小佐内、小佐内と健吾は関係があったことがわかっている。そうか、川俣さなえと小佐内さんの間にも……。

この二人に面識があるのは、偶然なんかじゃないに違いない。ぼくは構図を把握した。そうか。もともと、これは小佐内さんと川俣さなえと石和馳美の関係から生まれた事件。イレギュラーなのは、堂島健吾の方なのだ。

「ちょっと、ゆき！　勝手に人の名前教えないで！」

川俣は甲高《かんだか》い声でそう叫ぶと、ジーンズのポケットに手を突っ込んだ。出てきたのは、テープレコーダー。

「とにかく、これはあんたが始末してね。いい、あたしたちはもう、知らない同士だからね！」

「わかってる。じゃあね、さなえ。無事を祈ってる」

小佐内さんの言葉に川俣はふんと鼻を鳴らすと、水を持ってきたウェイトレスの脇をすり抜け、どかどかと足音を響かせながら〈セシリア〉を出て行った。

残ったのはテープレコーダーと、奇妙な微笑を浮かべる小佐内さん。小佐内さんはテープレコーダーとぼくとに順々に視線をやると、らしからぬ素振《そぶ》りで肩をすくめて見せた。

「こういうことなの」

3

「教えてあげる。小鳩くん。あのね……」

「待った」

ぼくは思わず声を上げていた。

新しい材料が出てきた。考え直す価値がある。テープレコーダー。中にはテープが入っているだろう。テープ。声。録音された声。この一件で、声が関係してきた場面はどこだ？　そして、声にまつわるもの。ぼくは見ている。そうだ。あれだ。どうして、どうしてぼくは見落としたんだ。明々白々だったじゃないか。あれがあそこにある以上、さっきの説明……、「小佐内さんが内通者を使って石和馳美を誘導し、誘拐計画を実行させた」というのは間違っているに決まっている！

ぼくは必死で考えをまとめようとする。漠然とつかんだ本当の真相を、何とか言葉にしようと苦闘する。しかしそんなぼくを、小佐内さんは笑った。

「待った、って……。将棋じゃないのよ、小鳩くん」

「……」

「チェスでも、囲碁でも、バックギャモンでもカナンでもスコットランド・ヤードでもないの。それでも、小鳩くんは自分で説明したい？」

「小佐内さん……」

「終わったのよ。もう、誰も解決を必要としてないの。

……でも、そう、お話してってお願いしたのはわたしだった。だから、話すなら聞いてあげる。でも、小鳩くんのために、簡単にまとめてあげるね。

そう。内通者はいた。小鳩くんの言う通り、そうでなかったら正確に攫われることができなかった。川俣さなえさんが、その内通者。とっても役に立ったの」

石和のグループとの絶縁を勧めた健吾を、川俣は拒絶した。ぼくはその話を聞いた時点で、小さな違和感を覚えていたのだ。健吾からの又聞きだけど、川俣はこう言ったという。「邪魔だ」と。

ぼくは、川俣は「迷惑だ」と言ったんじゃないか、と言った。しかし健吾は「邪魔だ」と言われたと断言した。どうするのに邪魔だったのか？

そのときの話題は、石和たちとの絶縁。……健吾は、川俣が石和たちのグループから抜けるのに、邪魔だったのだ。健吾が川俣さなえと話し合ったすぐ後、石和馳美たちは逮捕され、グループは壊滅した。

小佐内さんが……。

「小佐内さんが、川俣さなえを手助けしていたんだね」

「手助け？　違う。役に立ってもらったの。さなえさんはわたしを脅かした。石和さんはわたしを憎んでるって、この夏休みわたしをどこかに捕まえて、酷《ひど》い目に遭わせるつもりなんだって教えてくれた。

わたし、中学時代に、さなえさんを助けたの。堂島くんがやったように、石和さんたちのクスリ遊びからさなえさんが抜ける手助けをした。その結果、石和さんたちは補導されちゃったけど、さなえさんは無事に抜けることができたわ。

でも、一年ちょっとの保護観察期間が終わった石和さんが密告者を捜しはじめると、さなえさんはすぐに石和さんに媚《こ》びたの。わたしじゃありません、ってね。それなのに、疑われ始めるとわたしを脅したわ。もう一度、抜ける手助けをしろって。でなかったら、わたしを石和さんたちに引き渡すって。

……遅かれ早かれ、あの一件にわたしが関わっていたことはわかったと思う。綿密な隠蔽《いんぺい》はしてなかったから。その頃はわたしも、お間抜けさんだったのね。わたしが関わっていたと知れたとき、石和さんがわたしに何か乱暴なことをするのも想像がついてた。

だからわたし、さなえさんに役に立ってもらうことにしたの」

ティーカップから手を離し、テープレコーダーを指さして。

「小鳩くん。その中身、もう、何だかわかるでしょう?」

一言で答えられる問いだ。しかしぼくは、そこに余分な説明を付け加えずにはいられない。非常にタチの悪いことに、この期《ご》に及んでも自分がなぜ気づくことができたか説明しないではいられないのだ。

「……南部体育館で、ぼくは車を見た。小佐内さんの拉致に使われたと思《おぼ》しき、ライトバンだった。後部座席に、ロリポップの包み紙が落ちていたしね。そして、その助手席に、ボイスチェンジャーと思しき機械を見つけた。そのときぼくは、これで小佐内さんがここに囚われていることは決まりだとしか思わなかった。

だけど、思えば妙な話だ。身代金を要求する電話を取った小佐内さんのお母さんは、相手は『機械を通した、変な声』だったと言った。相手はボイスチェンジャーを使っていたんだ。だったら、ボイスチェンジャーがそんなところにあってはいけない。いつ何時でも電話をかけられるよう、手元になくちゃいけない。複数個用意する意味があるとも思えないしね。車の中に置き忘れられていたってことは、それが石和たちが小佐内さんを体育館に連れ込むにあたって、全く必要のないものだったことを示していると気づくべきだった。

石和たちには、ボイスチェンジャーは必要なものじゃなかった。つまりそれは、最初の身代金誘拐の電話をかけたのは石和たちじゃない、ということ。つまり、石和馳美のグループは小佐内さんの身柄と引き換えに金を要求する気はなかったということになる。

じゃあ、誰が電話をかけたのか。石和たちじゃない。小佐内さんも拉致されているさなか。

……川俣さなえだね」

小さく頷くと、小佐内さんは手を伸ばしてレコーダーの再生ボタンを押した。機械的に変質した低い声が流れ出す。

『小佐内ゆきの家だね？　いいから、黙って聞きな。そうでないと困ったことになる。一度しか言わないからね。……あんたの娘さんにはさんざん迷惑をかけられた。それでいま、拉致したんだよ。帰してもいいけど、迷惑金がいるね。五百万ももらおうかな。それで、無事に帰すよ。わかったね。また電話するから』

停止ボタンを押す、ぱちりという音。小佐内さんはそれを手元に引き寄せる。

「あらかじめ台本を決めて、声を吹き込んでおいたの」

「どうして、そんなことを」

「本番で慌ててまずいことを口走ったら困るから。……という建前で、さなえさんにこれを喋らせるため。かわいそうなさなえさん。わたしが勧めるままにテープに吹き込んで、しかもそれをわたしに渡すなんて。もう少し、考えがあってもよさそうなのに」

同情するというより、哀れむような言い方。ぼくはその冷たさに、あまり覚えのない感情を抱く。言葉がほとばしりでた。

「つまり、こういうことだったんだ。石和馳美が自分を拉致しようとしている。それに対する対抗策は練った。〈小佐内スイーツセレクション・夏〉をダシにして、ぼくを使うことで。だけど小佐内さんはそれだけじゃ気が済まなかった。石和馳美が逮捕される罪状が拉致監禁だけじゃ、満足できなかった。

だから、身代金要求のテープを作った。ぼくをその電話がかかってくる場に立ち合わせた。そして、小佐内さんは、拉致監禁にプレミアムをつけた。……罪状を、身代金目的略取《りゃくしゅ》にランクアップさせたんだ！」

目を眩《くら》まされていた。身代金要求の場に立ち会っていたから、この一件が誘拐事件だということは疑いもしなかった。その発端や経過に目をやり小佐内さんの作為を疑うことはあっても、石和馳美のグループが誘拐を行ったという認識は揺るぎもしなかった。

だが、石和たちは小佐内さんを誘拐してはいなかった。拉致し、監禁し、暴行を加えたかもしれない。しかし誘拐はしていない。正確に言うと、身代金を求めはしなかった。スリーカードにもう一枚加えてフォアカードにするように、彼女らがワンランク上の罪を問われるようにクリティカルな要素を足したのは、小佐内さん自身だった。

……小佐内さんを「誘拐」したのは、小佐内さん自身だった。

小佐内さんは悪びれなかった。ごまかすでもなく、知らぬ顔を決め込むこともしなかった。

彼女は、えくぼを作って笑った。

「そうよ。やっと当たったね、小鳩くん」

ぼくはくちびるを嚙み、俯く。目眩ましにひっかかった悔しさ。それもある。だけど……。

この沈黙をどう判断したのか、小佐内さんは妙に明るく華やいだ口振りになる。

「心配しないで、ばれはしないから。石和さんのグループは石和さんが無理矢理仲間を引き連れているだけで、信頼関係なんて全然ない。わたしが拉致されてた間も、わたしをどう扱うか全然意思が統制されてなかった。逮捕された全員が口を揃えて『この中の誰も身代金要求の電話なんてかけてない』と言い切れるならちょっと困るけど、そんなことにはならないの。きっといまごろ、みんながみんな自分以外の誰かを思い浮かべて、『あいつなら抜け駆けして身代金をせびりかねない』とか思ってる。そのために、さなえさんを使って、わたしを拉致すればお金が取れるかもしれないって発想は浸透させておいたから。

そして、警察が調べると北条《ほうじょう》さんのライトバンからボイスチェンジャーが出てくるの。これももちろん、わたしがさなえさんに持ち込ませたもの。知らない間に置いてあったおもちゃに、石和さんたちは食いついたって。それでしばらく遊んで、飽きてライトバンに放っておいたって。つまりそれには、石和さんのグループ全員の指紋がついてる。

石和さんたちは、誰一人としてそれを誰が持ってきたものか知らないはず。だからやっぱり、他の誰かが持ってきたんだと疑心暗鬼になってる。

それでももし、全部ばれても、やっぱり大丈夫。さなえさんには、この計画はさなえさんが思いついたものだって信じ込ませてあるの。そして私の手元には」

テープレコーダーを撫《な》でて、

「これがある。……さなえさんが身代金を要求したときのテープが。わたしはさなえさんに脅されただけ。かわいそうな子羊なの」

そう言うのが、どこか得意げで。どこか、探し出した甘いものを自慢するのにも似ていて。

ぼくは思わず、言っていた。

「犯罪は、お菓子じゃないよ、小佐内さん」

「え……」

「まして冤罪《えんざい》ならなおさらだ」

そう。小佐内さんの計画が図に当たれば、石和馳美たちは身に憶えのない罪で裁かれることになる。彼女らに罪がないわけではない。小佐内さんを拉致したのはあくまで彼女たちの自由意思に基づいてのことなのだから、立派に罪を犯している。

しかし、やってもいない誘拐の罪で裁かれるとなれば話は別だ……。そういうのを、冤罪という。

「これまで小佐内さんは、時々約束を破ってきたよ。ぼくと小市民になる約束を交わしたのに、忘れることにしたはずの執念深い復讐好きの顔が時々のぞいてた。だけどそのことは、責める気はないよ。ぼくだって似たようなものだった。

だけど小佐内さん。これはちょっと、一線を越えてる。小佐内さんが誘拐を扇動《せんどう》したのなら、それはまだそれを実行に移した石和馳美たちが悪いと言えた。けどこれは……。やってもいない罪に人を陥《おとしい》れる。これは駄目だ。これは嘘だよ。小佐内さん、ぼくは小佐内さんに一目も二目も置いてるけど、他にはなかなか見られない観察力や行動力や思慮深さを、小佐内さんが人を嵌《は》めるために使うなんて思わなかった」

少し、声が昂《たか》ぶる。

「しかもそのために川俣さなえを使い、堂島健吾を使い、ぼくも使った。ぼくたちは小佐内さんの嘘に協力させられた形になる。

これはひどいよ、小佐内さん。どれほど石和馳美たちが憎かったか知らないけれど、これはどう控えめに表現しても、タチの悪い嘘だ。……嘘つきだ」

小佐内さんは、目をしばたたかせた。一瞬、うさぎのように視線をきょろきょろとさせ、それからぼくをまっすぐ見ると、少し俯いた。

「わたし、嘘つき……？」

「そうだよ」

小佐内さんが顔を上げ、ぼくたちは正面から目を合わせる。無帽の、ボブカットの女の子。中学三年の夏からずっと一緒にいた小佐内さん。これまでぼくは、彼女のいろんな表情を見てきた。喜ぶところも、怒るところも、企むところも。

しかし、いまの小佐内さんの顔は、見たことがなかった。小佐内さんは笑ったようだけど、ゆっくりと視線を逸らしていった小佐内さんの笑みは冷たい、というよりもどこか寂しげな、疲れきったようにも思えるものだった。

4

「そう。わたしは嘘つき。小鳩くんにも、堂島くんにも嘘をついた。小市民になるっていう約束も、思いっきり破っちゃった。

でもね、小鳩くんもやっぱり嘘つき。ねえ、小鳩くん、気づいてる？　いま、ずっとわたしを告発し続けた小鳩くんは、とっても楽しそうだったんだよ。考えをめぐらせて、どんな小さなことでも見逃すまいとしていた小鳩くんは、いきいきしてた。推理したくないなんて嘘よ。小鳩くんの『小市民』だって、嘘じゃない」

「それは……」

気づいていた。だけど、それは言わない約束じゃなかったのか。なかなか克服できない性癖だけど、だからこそ本気で改めようと……。

いや。改めようと、していなかった。ぼくは楽しんでいた。シャルロットのときも、健吾のメモのときも、小佐内さんが誘拐されたときでさえ。そして、言うまでもなく、いまのやりとりも。

嘘、と言われれば、言葉を返せるはずもない。

ほとんど吐き捨てるように、小佐内さんは言う。

「あれも嘘、これも嘘だったの。みんな言うわ、わたしと小鳩くんは付き合ってるって。でもそれも嘘。学校では小佐内はおとなしいねって言われる。小鳩くんは笑顔が素敵な無難な相手。でも嘘。わたしは家でも嘘をついてるの。小鳩くんも、きっとそうでしょう。

こんなにも嘘ばっかりなんだもの。……わたしたちが『狐』であり『狼』だっていうのも、きっと嘘なんだわ。だってほら、小鳩くんはこんなに騙されたし、まだ間違ってる。

単に石和さんたちが目障りなだけなら、小鳩くんが途中で言った通り誘拐をそそのかすだけでよかった。なのにどうしてわたしがこんなやり方を選んだか、小鳩くんは全然わかってない。わかろうともしないの。わたしは、本当はこんなことをしたくなかった。石和さんたちがわたしを拉致しないなら、それでいいと思ってた。だから、誘拐扇動のプランは放棄したの。わざわざ、危険な目に遭うことはないわ。もし、本当に石和さんたちがわたしを連れ去った場合だけ発動する罪状ランクアッププランを選んだとき、わたしが本当に仕返しだけ考えていたと思うの?」

ガラスから差し込む夏の日差しを浴びながら、小佐内さんは自分を抱きしめた。

「わたし、怖かったの。どれだけ虚勢を張っても、殴られたら痛い。深い傷をつけられれば、残るの。石和さんが本当にわたしに手を出すなら、そんな人はできるだけ長くわたしから遠ざかってほしかった。一年でも半年でも長く、わたしのそばからいなくなってほしい。だから『誘拐犯』になってもらったの。わたしは危険に身を晒《さら》したわ。肉を切らせて骨を断ったの。そうしないと怖かったから。わたしのやったことが嘘だというなら、怖い人から逃げるための嘘だった……。

小鳩くんはわたしを信じたと言ったわ。でもわたしも、いま小鳩くんを信じる。小鳩くんは絶対、わたしが怖がっていたということを、本当にはしてくれないの。なぜなら小鳩くんは、考えることができるだけだから。共感することができない人だから。……わたしと、おんなじに。

そして、わたしもわたし。わたしの計画は、こんなにも見抜かれた。わたしたちがとっても賢い『狐』でも『狼』でもないんだとしたら、『小市民』になろうっていうのも嘘なんだとしたら、何が残るか、ねえ、わかる?」

本当は『狐』なんかじゃないのに自分を『狐』であると思い込んで、そして『小市民』になると宣言したんだったら。しかも、それすらも嘘なんだとしたら。

それはまるで、綿菓子のよう。甘い嘘を膨《ふく》らませたのは、ほんの一つまみの砂糖。

何が残るか、もちろんわかるよ、小佐内さん。小佐内さんのくちびるが、ゆっくりと動く。

「残るのは、傲慢《ごうまん》なだけの高校生が二人なんだわ……」


「ねえ小鳩くん。わたしたち、もう、一緒にいる意味ないよ」

その小佐内さんの声は、ぼくの思い過ごしでなければどこか悲愴《ひそう》な感じはしたけれど、感情的というには程遠いとても落ち着いたものだった。

小佐内さんの手の中には、大切そうにテープレコーダーが包み込まれている。ほとんどそれに向かって話しかけるように、小佐内さんは言葉を続ける。

「わたし、ずっと思ってた。もともと、わたしたちの約束は、お互いが『小市民』になれるように力を貸すことだったね。トラブルに巻き込まれないよう、普通な毎日を送れるよう、小鳩くんはわたしを、わたしは小鳩くんを楯《たて》にしてきた。もう誰からも、あいつはああいうやつだと後ろ指さされないために……。中学生だったわたしたちには、その約束は絶対に必要なものだって思えた。多分、本当にそうだったと思うの。

だけど、もう、きっと充分。船戸《ふなど》高校では、わたしたちは地味なカップル以外の何者とも思われてない。鷹羽中学のわたしたちを知ってる人も、二年も経てばもう何も言わないわ。

何より、わたしたちが『小市民』を目指しているというのが嘘なんだから。口では小市民と言いながら、自分は本当はそうじゃないと思っているねじれ。小市民じゃないことがつらいと言いながら、本当に小市民になりきることなんて考えてもいないゆがみ。……わたしたちが二人でいる限り、それは永遠に解消されないって、そう思わない？」

ぼくは、静かに頷いた。

「そうだね。それはぼくも、とっくに気づいていた。ぼくは小佐内さんといるとき、一番探偵役めいたことをしてしまう。何も材料がなければ、自分で作ってまで。……それは、小佐内さんに甘えていたと言うしかない」

「わたしも、小鳩くんがいるって安心感に甘えていた。だけど、それならそれでもいいの。本当の小市民になることに意味を見出せなくなっているなら、わたしたち二人、二人だけの秘密のように傲慢さを抱えたままでもいい」

それはあまりに気持ちの悪い構図だ。ぼくと小佐内さん、二人は自分たちだけが特別と思い上がりながら、でも外面的にはそんなことをおくびにも出さずに高校生活を送っていく。……しかし、それがぼくたちの現状じゃないとは、とても言い切れない。それにもし、そうあることに喜びを感じられるなら、閉じた喜びも喜びには違いないと思うことはできる。だけど、

「だけど小佐内さん。ぼくたちは、そういうつもりで一緒にいるんじゃない」

「そう。わたしたちはどこまでも、お互いを便利に使うために一緒にいるの。小鳩くんがこの

夏休み、疑問を感じながらもわたしのスイーツめぐりに付き合ってくれたのは、この約束があるから。わたしに何か考えがあると思ったから、小鳩くんは来てくれた。本当は甘いものなんか好きじゃないのに」

それが、ぼくたちの互恵関係。……依存関係ではない。

「確かに、ぼくは小佐内さんといながら、小佐内さんは何を考えているんだろうと常に疑っていたよ。考える材料が乏《とぼ》しくて、本当にただ甘いものめぐりがしたいだけなんじゃないかと思ったとき、あのときはつらかった」

「わたしも、小鳩くんが黙って来てくれることを嬉しく思ったけど、その裏でずっと、どうしたら効果的にあの地図のことを印象づけられるか考えてた。……そして、そのことがちょっと、つらくもあったの」

黙り込む。

頭の中で、小佐内さんの提案を検討する。ぼくたちの『小市民』というスローガンは、その役割を終えたか？

それはそうとは言えない。少し自制心をなくせば、ぼくも小佐内さんもすぐにまた、後ろ指をさされることになるだろう。それはいまでもつらいと思える。小佐内さんの言うように『小市民』に意味を見出せなくなっているということは、ない。

では、その自制心を補うため、自制心を試されるような状況を避けるために小佐内さんといるという方法論に限界は来ているか？

　そうかもしれない。小佐内さんがいるからこそ謎を解く。ぼくにそういう面があるなら、ぼくがいるからこそ仕返しを目論むという考え方が小佐内さんにあっても不思議じゃない。そうなら、ぼくと小佐内さんの関係は、既に軋《きし》みをあげていたことになる。

　……気づいてたけどね。

　どうやら、ぼくと小佐内さんとは多少意見が異なるけれど、結論は比較的よく似ているようだ。

「ぼくは、ぼくたちが一緒にいる意味はないとは思わない」

　小佐内さんがはっと息を呑む。だけどぼくが続けて、

「ただ、効果的ではなくなってると思う。確かに、小佐内さんの意見には一理あるみたいだ」

　と言うと、小さな溜息をついてかぶりを振った。

「……やっぱり、そういう返事になるのね」

「そうならざるを得ない」

「違うの。返事の内容じゃなくて、その方法のこと。

　小鳩くん。わたし、いま別れ話を切り出してるの。別れ話って言い方がちょっと恋人っぽすぎるとするなら、関係解消を持ち出してるの。小鳩くんならわかるでしょう？　わたしがずっとこう思っていたなら、どうして今日まで言い出さずにいたか」

そんなこと。考えるまでもない。

「石和馳美を始末するまでは、袂《たもと》を分かつわけにはいかなかったから」

「そう。それを、自分勝手だと思わないの？　わたしが嘘をついて石和さんを陥れたことには怒ったのに」

「石和さんのことはルール違反だから、当然じゃないか。でも、小佐内さんがぼくを利用したことは、怒る筋合いじゃない」

答えながら、ぼくはどんどん冷静になっていく。

冷静になるべき場面ではないというのに。小佐内さんも、とても冷静だ。小学生のような顔に、冷たい笑みを浮かべている。

「ほらね。わたしたち、さよならしようってお話を自分勝手に切り出されても、痴話喧嘩もできないの。それが正しいか、妥当なのかで判断しようとしてる。考えることができるだけ。怒らないし、ちっとも悲しくないの。小鳩くんといる限り、そのままでもいいのかもしれないけど。

……ずっと一緒ってわけには、いかないから。

わたし、今日、中学時代からの宿題を一つ済ませたの。ちょうど、いい機会だと思う」

そうだね。

もともと、過渡的な措置《そち》だったんだ、ぼくと小佐内さんが一緒にいることは。

結論を下そう。

「小佐内さんの言いたいことはわかったよ。……別々になろう」

それに対する小佐内さんの反応は、全く説明に困るものだった。

目を閉じて、そして開くと、瞳の端から涙が一粒だけこぼれてきた。小佐内さんは合理的な提案をし、ぼくはそれを検討の結果受け入れただけなのに、悲しいことなんて、どこにもひとかけらもないはずなのに。小佐内さんはなぜかこう言った。

「……ごめんね、小鳩くん……」

5

そして〈セシリア〉には、ぼくだけが残された。

小佐内さんは行ってしまった。少なくともこの夏休みの間は、もう会うことはないだろう。

二学期が始まって、そしてぼくたちは同級生に戻る。ただの同級生に。

小市民には、一人でだってなれる。小佐内さんは、必要不可欠な存在ではない。もっともそれを言えば、いったい誰が代替《だいたい》不可能・必要不可欠でありうるだろう。

ただ、小佐内さんはちょっと、ひどいと思う。小学生のような背丈に、それに見合った童顔。

映画館に大人の半額で入れるけれど、でもやっぱり十六歳の高校生小佐内ゆきは、ぼくに背を向けたままで呟いた。

「でもね。小鳩くんとのスイーツめぐり。……楽しい気持ちも、なくはなかったの」

言わずもがなの一言だ。余計な言葉だったよ、小佐内さん。どうせ嘘つきだったなら詐欺師にもなって、都合の悪いことは最後まで伏せておくべきだったのに。

その点、ぼくにぬかりはない。ぼくは言わなかった。「ぼくも、そこそこにね」とは。

事件は終わり、幕は下りた。ついでに役者も去っていった。残っているのは小鳩常悟朗《じょうごろう》と、暮れはじめた夏の日と、半分残った夏期限定トロピカルパフェ。長いスプーンを突っ込み、どろどろに溶けて混じりあった薄ピンクの流体をすくい取り、口に入れるけれど。

「……うっ」

まずい。

甘ったるい。甘すぎる。とても、我慢できるものではない。急激に胃が締めつけられ、胸が詰まる。紙ナプキンを口許に当て、ぼくは奥歯を嚙みしめてひどい味に耐える。

これは、ひどい。あまりにもひどい味だ。

……その日から、ぼくはパフェだけは、食べられなくなった。

石和馳美はやっぱり少年院に送られた。正確な罪状は、伝わってこなかった。小佐内ゆき誘拐事件は、新聞の地方版に少しだけ載った。そこには石和たちが「トラブルがあった仲間の少女を誘拐」したとあったけれど、「仲間」とされた小佐内さんがどう反応したのか、ぼくは知らない。堂島健吾は川俣かすみとの交際を隠さなくなった。

そしてぼくは、喫茶店のメニューでパフェの写真を見るだけで、あのときの記憶が蘇るようになった。甘い甘い思い出が際限なく込み上げてきて、胸が焼けて、それでぼくはパフェだけは食べられない。

解説

小池啓介

◆はじめに

待望の〈小市民〉シリーズの復活だ。

本書『夏期限定トロピカルパフェ事件』は、二〇〇四年に創元推理文庫から書き下ろし作品として発表された『春期限定いちごタルト事件』の続編であり、米澤穂信の七作目の著書となる。

形式としては長編作品であるのだが、第一章「シャルロットだけはぼくのもの」と第二章「シェイク・ハーフ」のふたつのエピソードは、本書に先立って、東京創元社のミステリ専門誌「ミステリーズ！」vol. 13、14に、それぞれ読切短編あつかいで掲載されている。この二作が、このたび、第一章、第二章として長編のなかに組み込まれ、序章とその後の物語を書き下ろすかたちで一冊にまとめられた。

前作『春期限定いちごタルト事件』で語られたのは、ちょっと奇妙な主人公コンビ——小鳩常悟朗と小佐内ゆきの、高校入学から数ヶ月のあいだの出来事。ポシェット盗難事件の解決に一役買ったり、絵画の創作理由に迫ったり、はたまたココア作りのテクニックを解き明かしたりと、日常に立ちあらわれる謎に、ぎこちない手つきで向き合っていく姿が印象的だった。続く本書では、高校二年に進級したふたりの夏休みが描かれる。

ちょっと気の利いた書店であれば、『春期限定いちごタルト事件』のほうも、きっと隣に(あるいは棚に)並んでいることだろう。未読の方はぜひご一緒にお買い求めいただきたい。本書を読む楽しみが、何倍も増すことは請け合いである。

◆登場人物について

本シリーズの通称〈小市民〉とは、主人公コンビが、つつましい生活をおくる人々をたとえたフレーズだ。

公立の難関校・船戸高校に入学した小鳩常悟朗と小佐内ゆきは、それぞれの性格があだとなった中学時代の失敗から、周囲との軋轢《あつれき》を徹底して避けるため、目立たず騒がれず、ただ平穏な毎日をくりかえすことを目指そうと誓いあった仲。そのために、ふたりは互恵《ごけい》関係という奇妙な間柄にある。難事に遭ったら、その場を逃れるために互いを言い訳に使う——それが、ふたりのあいだの互恵関係だ。恋愛関係にもなければ依存関係にもない、既成の男女関係の路線からはずれた未知なる感覚が、作中にたゆたう不可思議な空気感をつくりあげている。

このふたりに、常悟朗の過去を知る小学校の同級生・堂島健吾を加えた三名が、シリーズの主要キャラクターとなって、様々な事件・事象の謎にかかわっていく。

本シリーズは、いわゆる本格ミステリ（＝謎解き推理小説）に属する物語であり、名探偵役は小鳩常悟朗が担《にな》う。常悟朗の過去のトラウマは、その名探偵の能力（と、おそらく当時の高飛車な態度）を周りからうとんじられたことに起因するらしい。

ちなみに、同作者による〈古典部〉シリーズの名探偵役・折木《おれき》奉太郎《ほうたろう》も、常悟朗同様、推理を忌避《きひ》するタイプの名探偵だ。労力を惜しむ奉太郎の場合、好奇心旺盛な部活動仲間・千反田《ちたんだ》えるという起動装置があって、名探偵として動きだす。逆に、小鳩常悟朗の相棒・小佐内ゆきは、一緒に〝小市民〟を目指すという関係上、むしろ抑制装置の役割にあたる。常悟朗は、みずからのもつ穿鑿好き（本人いわく「解きたがりな性格」）という気質が、おさえきれずに漏れでてしまうことで名探偵として機能する。常悟朗には、エラリー・クイーンを筆頭とする〝悩める名探偵〟の一員としての特徴がうかがえるし、別の見方をすれば、奉太郎とともに、都筑道夫の生んだ名探偵・物部《もののべ》太郎を代表とする〝ナマケモノ名探偵〟の系譜に連なるキャラクターという面もあるだろう（同じナマケモノでも、常悟朗の造形のほうが、ひねくれぶりはより強いといえそうだ）。興味のある方は、物部太郎もの第一長編『七十五羽の烏』（光文社文庫）との併読をおすすめしておきたい。

自分が受け入れられないとみるや、世間との関係を拒絶するような極端に走るふたりの姿に象徴されるように、この物語は、ストレートな青春小説というよりも、不器用な若者を描いた小説といえるだろう。世界との距離感にとまどう若者像を戯画《ぎが》化した物語。ふたりにとって謎を解くこと、事件にかかわることは、自分たちと世界とのあいだの溝を埋める作業にほかならない。

よって、〝小市民〟を目指しながらも最終的に、ふたりは秘めた能力を垣間見せることになる。つまり、〈小市民〉シリーズは、抑えられていた内なる獣性が発動にいたるまでを描く物語なのである。バイオレンス小説のプロットを本格ミステリの世界で再構築したといってもいいだろう（貴種流離譚《きしゆりゆうりたん》とこじつけてみるのはどうだろうか?）。〝復讐少女〟小佐内ゆきを主体に読めば、そのあたりの風味は、よりいっそう際立つ。ふたりが運命に翻弄されているとみるか、それとも自らかせをはずしているとうけとるかは、現在のところ、読者次第だと思う。そんなふたりは、果たして小市民の星がつかめるのか——当然、つかめるわけもなく、結局、獣性は発露されてしまう。そのスリリングななりゆきが、キャラクターの面からみた物語のおもしろさになっていくのである。

◆短編ミステリとして

『春期限定いちごタルト事件』で描かれたエピソードは、いわゆる〝日常の謎派〟を思わせるものが多かった。日常の出来事、目にした事物から観察者（主として名探偵）が〝不思議〟を感知することで〝日常の謎〟は成立する。謎、事件が向こうからやってくるのではなく、世界から謎を汲《く》みとるのである。常悟朗は、実は謎を解きたい穿鑿好きなのだから、多くのエピソードが日常の謎の形式をとるのはきわめて自然なことといえるだろう。常悟朗の〝小市民〟を目指す姿勢と〝不思議〟にひかれる性格との二律背反《にりつはいはん》が、おかしみをかもしだす。

ただし、〝日常の謎〟と規定できないある種の犯罪からはじまる第一話「羊の着ぐるみ」などのエピソードもあり、厳密にしばりがかかっていたわけではなかった。そして、『夏期限定トロピカルパフェ事件』では、米澤はいっそう自由に本格ミステリに挑んでいる。

メインイベントとなる〝犯罪〟の前におかれたふたつのエピソード「シャルロットだけはぼくのもの」と「シェイク・ハーフ」は、読切短編として発表されただけあって、独立した短編として読んでも、もちろんクオリティは高い。しかも、それぞれ倒叙ミステリ、暗号ミステリという定型、スタンダードを強く意識した作品なのである。

もともと、『春期限定いちごタルト事件』でも、米澤は、伏線（＝解明へのヒント）を張っての犯人当て、ロジカルな推理、推論の飛躍など様々な方向から本格ミステリにアプローチしていた。とりわけ、「おいしいココアの作り方」は白眉。キャラクター面を優先させ、いわゆる〝ホワイダニット（なぜやったのか）〟に逃げず、あくまで〝ハウダニット（どうやったのか）〟興味を軸に論理的に謎解きを進行させたすえ、解明とともに人間性が浮き彫りになる趣向は、計算されつくした傑作というほかない。

そんな鮮やかな手並みがまたもや発揮された「シャルロットだけはぼくのもの」は、倒叙ミステリのお手本のようなつくりだ。印象的な伏線を張るのではなく、描写がきわめてフラットになっているのは、読者にクイズに参加してほしいという意識があるからではないだろうか。ためしに六十一ページの八行目までで、いったん手をとめて、推理、謎解きに参加してみてほしい。

続く「シェイク・ハーフ」も、丁寧に練りあげられた良質な暗号ミステリになっている。これもさりげない伏線が張られ、きっちりと段階を踏んだ発想の転換によって伏線が生きるという技巧が駆使されており、米澤の本格ミステリ作家としての力量を思い知らされる。

ふたつの短編型エピソードは、キャラクターの魅力との両立という意味でも、たいへん愉快な作品である。とくに「シャルロットだけはぼくのもの」におけるメイン・キャラクター同士の知力を駆使した対決は、感情移入の度合いがかなりのものになるはずだ。文字通り手に汗握ってしまう読者も多いことだろう。前作もふまえたうえで確立したキャラクターと融合させることで、本格ミステリの定型を、より近く、読み手に親しみのある位置にもってくることに成功しているわけである。

キャラクター性重視、ミステリ色重視という区分けした読み方をせず、ぜひともそのブレンドによる味わいを堪能してもらいたい。

◆長編ミステリとして

第一章「シャルロットだけはぼくのもの」で、小佐内ゆきとの対決にあえなく敗れ去った小鳩常悟朗は、夏休みのあいだに町のお菓子店を味わいつくす計画――〈小佐内スイーツセレクション・夏〉に、パートナーとして加入させられる。常悟朗は引きぎみだが、これには多くの読者が参加をのぞむことだろう。もちろん筆者も参加したい。

本書の骨子となるのが、この計画。これが、作品のプロット、筋運びをあくまで長編とする最大の要因である。『春期限定いちごタルト事件』が、目次に章立てがなく連作短編とも呼べたのに対し、本書には明確な章立てがなされている。これには、作品が長編であることを強調する意図があると考えて間違いない。

連作短編集の各話がむすびついて最後に別の顔を見せるという趣向は、東京創元社の連作短編集群の専売特許である。〈小市民〉シリーズでは、小鳩パートを前半におき、後半は裏側で進行していた小佐内パートがたちあらわれるかたちをとっている。先行の手法に対するあらたな角度からの挑戦といえるだろう。短編エピソードが長編としての物語の流れを生むという構図は、泡坂妻夫を意識した面もあるかもしれない。

『春期限定いちごタルト事件』では、常悟朗に合わせて短編としての謎の配置が計算されていた。それにより、謎解きと距離をおいていた名探偵が、徐々に本性をあらわしていく過程が演出される。犯人のほかにはふたりだけの状況、伝言というフィルターをはさんで、関係者限定、最後はのっぴきならない状況で……といったふうに、しだいに常悟朗のかせがはずれていった。この視点から考えてみれば、一見小粒に感じられるあっさりとした謎も、大きな全体のなかでキャラクターに影響をあたえていることがわかる。つまり、長編としてのプロットが先にあり、物語の要請、布石として謎が並べられているということ。その順序は、時系列という側面を越えて、交換不可能なのだ。

だが、本作の謎の配置には、前作のような表面的な意味が見出せない。それでは今回は、いったいどんなもくろみが隠されているのだろうか？　それが明かされたときの意外性が、本書の長編本格ミステリとしての読みどころなのである。

前作の構成をふまえ、しかもそれを定型のスタイルにせず、さらに換骨奪胎してしまう（その意味では、やはり前作から読んでほしい）実験精神がここにはある。

キャラクターをふまえた短編を、これもまたふまえて長編を組みあげる手法は、今作でより強固になっている。はっきりいって、『春期限定いちごタルト事件』とは桁違いだ。本書が前作を圧倒的に凌駕《りようが》する理由は、本来ユーモアを加味するためのキャラクターの資質が、本格ミステリの構造と、（いい表現ではないが）いっそう骨がらみになっている点である。あらゆる要素が、本格ミステリの完成度のために存在することがわかったときの衝撃。ここまでやるのか、米澤穂信……。

本書の思いも寄らぬ展開に、ある海外のミステリ作家とその作品を連想する読者は多いと思う。筆者はほかに山田風太郎の某作品を想起した。本格ミステリとしての核心にふれることになるので具体的な言及はさけるが、いずれにしろ〈小市民〉シリーズが、このジャンルの豊穣《ほうじょう》な歴史を感じさせる作品であることは確かだ。〝ライトな〟と評することはかならずしも誤りではないが、その懐《ふところ》は深く、歴史の重みをかかえていることは、指摘しておきたい。

さて、本作が刊行されたことで、『秋期限定』『冬期限定』の続編執筆は、ほぼ決定したといっていいだろう。本作の予期せぬ結末を、どう乗り越えていくのか。基本プロットは踏襲されるのか、そのほか諸々、興味は尽きない。

◆作者について

米澤穂信は、一九七八年、岐阜県に生まれた。二〇〇一年、第五回角川学園小説大賞ヤングミステリー&ホラー部門の奨励賞を『氷菓』（角川文庫）により受賞して作家デビュー。この作品は、自身のインターネット・ホームページ上で公開していた連作形式の短編小説が原型となっているという。なお、松浦正人は、アンドリュー・テイラー『天使の鬱屈』（講談社文庫）の解説において、『氷菓』を〝（架空の人物をモチーフにした）歴史ミステリ〟と看破している。慧眼《けいがん》だと思う。

翌年発表されたデビュー第一作『愚者のエンドロール』（角川文庫）では、『氷菓』と同じ登場人物たちが、自主制作映画の結末を推理する。アントニイ・バークリー『毒入りチョコレート事件』（創元推理文庫）における複数解決の趣向を本歌取りした作品であり、伏線のちりばめ方が堂に入った快作。〈古典部〉シリーズと呼ばれる両作は、神山高校・古典部に所属する折木奉太郎と仲間たちがシリーズ・キャラクターをつとめ、現在のところ、神山高校の学園祭を舞台にした長編『クドリャフカの順番』（角川書店）が刊行されている。なお、この作品の刊行に合わせるように、角川スニーカー文庫〈スニーカー・ミステリ倶楽部〉に入っていた『氷菓』と『愚者のエンドロール』が、角川文庫として一般向けに再刊された。

いわゆるライトノベル・レーベル出身者である米澤が一般向けに進出した作品が、二〇〇四年の長編『さよなら妖精』（東京創元社〈ミステリ・フロンティア〉）。男子高校生と異邦の少女の出会いと別れ――ボーイ・ミーツ・ガールをテーマとし、日常と非日常を交差させた青春ミステリである。そして同年末、レーベルの境界の突破をこころみた『春期限定いちごタルト事件』が発表される。

着実に地歩を固めてきた米澤だったが、二〇〇五年には、『クドリャフカの順番』、長編『犬はどこだ』（東京創元社〈ミステリ・フロンティア〉）をつぎつぎに発表し、前年の二作の話題が波及したこともあり、その実力を幅広い層に知らしめた。とくに、ハードボイルド調の物語と戦慄の結末が話題となった『犬はどこだ』は、ミステリ作家としての作風を大きく広げた意義深い作品である。

総じて、モラトリアムの感覚をひきずるキャラクターが多いところが、その面からみた米澤作品の特徴だが、早川書房「ミステリマガジン」二〇〇六年二月号の座談会（笠井潔、北山猛邦、辻村深月が参加）では〝ビルドゥングス・ロマン〟を目指すという発言もしている。おそらく〈古典部〉シリーズを念頭においた発言だろう。推理できる範囲を明確に規定され、神のごとき名探偵としては描かれない折木奉太郎が、次作以降どういった成長をとげていくのか、想像してみるのもおもしろそうだ。また、この観点からすれば、〈小市民〉シリーズは、自意識や過去のトラウマとどういうかたちで決着をつけるのかという興味もでてくる。なによりも、その方向性は、どんな謎解きとむすびついていくのだろうか。早く、次の作品が読みたい。

作中人物には許されても、実力ある作家に猶予は認められないのである。

収録作品書誌

「まるで綿菓子のよう」　書き下ろし
「シャルロットだけはぼくのもの」　ミステリーズ！ vol. 13
「シェイク・ハーフ」　ミステリーズ！ vol. 14
「激辛大盛」　書き下ろし
「おいで、キャンディーをあげる」　書き下ろし
「スイート・メモリー」　書き下ろし

検 印
廃 止

著者紹介 1978年岐阜県生まれ。2001年、『氷菓』で第5回角川学園小説大賞奨励賞（ヤングミステリー&ホラー部門）を受賞しデビュー。2011年、『折れた竜骨』で第64回日本推理作家協会賞、14年『満願』で第27回山本周五郎賞、21年『黒牢城』で第12回山田風太郎賞、翌年には同作品で第166回直木賞を受賞。

夏期限定
トロピカルパフェ事件

2006年4月14日 初版
2024年2月9日 32版

著 者 米《よね》 澤《ざわ》 穂《ほ》 信《のぶ》

発行所 （株） 東京創元社
代表者 渋谷健太郎

162-0814/東京都新宿区新小川町1-5
電 話 03·3268·8231-営業部
03·3268·8204-編集部
URL http://www.tsogen.co.jp
暁 印 刷 · 本 間 製 本

乱丁・落丁本は、ご面倒ですが小社までご送付ください。送料小社負担にてお取替えいたします。

ISBN978-4-488-45102-8 C0193

出会いと祈りの物語

SEVENTH HOPE◆Honobu Yonezawa

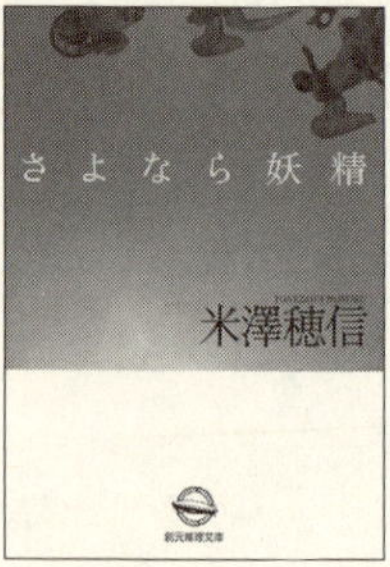

さよなら妖精

米澤穂信

創元推理文庫

◆

一九九一年四月。
雨宿りをするひとりの少女との偶然の出会いが、
謎に満ちた日々への扉を開けた。
遠い国からおれたちの街にやって来た少女、マーヤ。
彼女と過ごす、謎に満ちた日常。
そして彼女が帰国した後、
おれたちの最大の謎解きが始まる。
覗き込んでくる目、カールがかった黒髪、白い首筋、
『哲学的意味がありますか?』、そして紫陽花。
謎を解く鍵は記憶のなかに——。
忘れ難い余韻をもたらす、出会いと祈りの物語。

米澤穂信の出世作となり初期の代表作となった、
不朽のボーイ・ミーツ・ガール・ミステリ。

シリーズ第一短編集

THE INSIGHT OF EGAMI JIRO◆Alice Arisugawa

江神二郎の洞察

有栖川有栖

創元推理文庫

◆

英都大学に入学したばかりの1988年4月、すれ違いざまに
ぶつかって落ちた一冊——中井英夫『虚無への供物』。
この本と、江神部長との出会いが僕、有栖川有栖の
英都大学推理小説研究会入部のきっかけだった。
昭和から平成へという時代の転換期である
一年の出来事を瑞々しく描いた九編を収録。
ファン必携の〈江神二郎シリーズ〉短編集。

収録作品＝瑠璃荘事件,
ハードロック・ラバーズ・オンリー,
やけた線路の上の死体, 桜川のオフィーリア,
四分間では短すぎる, 開かずの間の怪, 二十世紀的誘拐,
除夜を歩く, 蕩尽に関する一考察